Thórsteina Thórsdóttir ist Lehrerin an einer isländischen Gesamtschule und unterrichtet Jugendliche im schwierigsten Alter. Von ihren Schülern wird sie wegen ihrer Strenge, Arroganz und Scharfzüngigkeit, aber auch wegen ihrer attraktiven äußeren Erscheinung gleichermaßen gefürchtet und geliebt. Die äußere Fassade, die sie erfolgreich aufgebaut hat, zeigt eine selbstbewusste, überaus korrekte, finanziell gut gestellte Frau, die geschieden ist und keine familiären Bindungen hat.

Veränderungen bahnen sich an, als ein junger Vertretungslehrer an ihre Schule versetzt wird, und Hilfe bei ihr sucht. Thórsteina bleibt ihm gegenüber zunächst reserviert, dann aber, als der junge Kollege eines Abends brutal von Schülern zusammengeschlagen wird, muß sie etwas unternehmen. Sie plant Rache, und die wird bestimmt nicht korrekt ausfallen …

Kristín Marja Baldursdóttir wurde 1949 in Island geboren. Sie ist eine bekannte Journalistin bei der isländischen Tageszeitung ›Morgunbladid‹. Im Fischer Taschenbuch Verlag ist auch ihr erster Roman ›Möwengelächter‹ (Bd. 15422) lieferbar.

Unsere Adresse im Internet: www.fischer-tb.de

Kristín Marja Baldursdóttir

Kühl graut der Morgen

Roman

Aus dem Isländischen von
Coletta Bürling

Fischer Taschenbuch Verlag

Veröffentlicht im Fischer Taschenbuch Verlag,
einem Unternehmen der S. Fischer Verlag GmbH,
Frankfurt am Main, November 2003

Die isländische Originalausgabe erschien 1999
unter dem Titel »Kular af degi« im Verlag
Mál og menning, Reykjavík

Druck und Einband: Clausen & Bosse, Leck
Printed in Germany
ISBN 3-596-15586-X

Kühl
graut der Morgen

Das Wörterbuch, das ich kaufte und mit nach Hause nahm, hat ein Gewicht von achthundert Gramm und einen Umfang von siebenhundertsechs Seiten. Kaum zur Tür hereingekommen, wog ich es und registrierte Gewicht und Seitenzahl in meinem grauen Buch, noch bevor ich mir den Mantel auszog, nicht aus Obsession, sondern wegen der Vergesslichkeit, die sich immer stärker bemerkbar macht. Als ich so im Spaß meine Vergesslichkeit dem Antiquar gegenüber erwähnte, um die Konversation während des Kaufs in Gang zu halten, sagte er und hatte es ganz offensichtlich schon zu vielen anderen gesagt, dass das menschliche Gehirn sich nicht im richtigen Verhältnis zum technischen und wissenschaftlichen Fortschritt entwickelt habe, und deswegen sei es nicht imstande, sich die ungeheure Menge der Informationen anzueignen, die ihm aus allen Richtungen zugetragen würde. Was ist mit den Gehirnen, die diese Entwicklungen in Gang setzen, fragte ich, aber dann erklärte er, dass er seine Frau anrufen müsse, und verschwand in einem kleinen Hinterzimmer.

Was sie mit der Sache zu tun hat, weiß ich nicht.

Französisch-Französisch, und in schlechtem Zustand. Die Umschlagdeckel fehlen und auch die ersten Seiten mit den Informationen über Herausgeber und Erscheinungsjahr. Alter somit unbekannt. Natürlich sah ich sofort, dass das Erscheinungsjahr fehlte, aber ich kaufte es wegen der Farbillustrationen. Es ist einmalig, ein Wörterbuch mit Illustrationen von Kleidung, Gerätschaften und Lebensmitteln zu finden und mit allem, was für den, der Französisch lernt, eine Rolle spielt. Es genügt mir nicht mehr, in dieser Sprache nur radebrechen zu können, ich will sie richtig beherrschen, damit ich mit meinen Freunden, die in Südfrankreich leben, über Politik und Künste reden kann. Dort, wo van Gogh sich das Ohr abgeschnitten hat, beziehungsweise ganz in der Nähe. Ich möchte sie auch zum Essen einladen, wenn ich mir da im Süden eine Wohnung mit Blick auf das Mittelmeer gekauft habe. Aber das steht auf einem anderen Blatt, darüber werde ich mir morgen beim Frühstück Gedanken machen. Lehrerinnen denken nach einer anstrengenden Unterrichtswoche nicht logisch.

Erst recht nicht an diesem Freitag.

Jetzt gilt es, die Ruhe zu bewahren, ein Raucherstündchen einzulegen und so zu tun, als sei nichts passiert.

Ein Wörterbuch mit Farbillustrationen. Äußerst praktisch für Anfänger. Heute Abend wird darin geblättert. Von hinten bis vorne. Ein Wort herausgegriffen. Gelernt. Zehn Wörter dahinter. Zehn Wörter davor.

Auf diese Weise schlachte ich Wörterbücher aus.

Mit anderen Büchern habe ich nichts am Hut, ich lese nicht den Unsinn, den die Leute verzapfen.

Wie herrlich, im Dämmerlicht einen Zigarillo zu rauchen und die Woche hinter sich zu lassen. Durch die Topfblumen einen Blick auf die Häuser ringsum zu werfen. Immer ist Betrieb bei der Nachbarin von gegenüber, der Reiki-Meisterin. Oder ist sie Aura-Spezialistin? Bei diesen Leuten gibt es jetzt so viele Berufsbezeichnungen. Das ist nicht so zu verstehen, als verfolge ich ihre Unternehmungen mit, man kommt aber einfach nicht umhin, durch das erleuchtete Fenster hineinzusehen, die Person hat nicht so weit gedacht, sich Gardinen oder Rollos zuzulegen. Eine bemerkenswerte Frau, tagsüber Bankangestellte in Dienstkleidung und abends Reiki-Meisterin in geblümtem Kleid. Soweit ich sehen kann, haben sich da drüben sechs versammelt, da ist womöglich ein Wochenend-Workshop im Gange? Mir wurde gesagt, dass sie mit solchen Veranstaltungen gutes Geld macht. Lauter Frauen bei Geistheilung und esoterischer Massage. Was für Gestalten sind das wohl? Wo habe ich das Fernglas hingetan?

Aha, sie streichelt sie also und tätschelt sie. Na, da schau her. Ja, ich wünschte, mir würde auch jemand den Rücken kratzen.

Na ja, das ist alles ganz nett und positiv. Aber man ist gezwungen, auf das erleuchtete Fenster zu starren, denn Licht zieht Aufmerksamkeit auf sich. Gesetzmäßigkeit des Auges.

– Aber ist nirgends Licht bei dir, Thórsteina?

– Nein, ich liebe die Dunkelheit.

– Nirgends Licht im Haus?

– Nicht, dass ich wüsste. In der Wohnung unten ist im Augenblick niemand zu Haus.

– Aber im Keller, ist dort Licht?

– Wie soll ich das wissen? Aber sind dort nicht gerade erst die Birnen ausgewechselt worden?

Achthundert Gramm. Umschlagdeckel weg, Erscheinungsjahr in alle Ewigkeit ein ungelöstes Rätsel. Unglaublich, wie rücksichtslos Leute mit einem Wörterbuch umgehen können. Ein Wörterbuch, in dem man bis ans Ende seiner Tage nachschlagen kann, kein Vergleich zu den Einwegromanen, die im Regal Staubmilben zum Opfer fallen. Was für eine verkrachte Existenz hat dieses Buch besessen? Ein isländischer Schlunz, der mit seinen Sachen nicht gut umgeht, seine Bücher zerfleddert, seine Schuhe nicht putzt, sich bekleckert und sich den Mund am Ärmel abwischt.

Ich hätte gerne über die Umschlagdeckel streichen, mit den Fingerspitzen die Oberfläche abtasten mögen. War sie glatt oder rau? Vielleicht wie winzige Sandkörnchen? Besonders alt ist es nicht, von den Illustrationen her zu urteilen vermutlich aus den siebziger Jahren. Ich blättere aber nicht gleich darin, kommt nicht infrage, ich spare mir das bis Mitternacht auf. In diesem Haushalt sind die Dinge geordnet und geregelt. Hier ist alles geplant und verläuft programmgemäß. Nach der Raucherstunde packe ich meine Tasche aus, ordne die Lehrbücher links, Hefte und lose Blätter rechts, plane den Unterricht für die nächste Woche, trage das Wetter ein, bestelle die Pizza, sehe mir die Nachrichten an, sortiere die Garderobe, gehe in die Badewanne und dann ins Bett. Dann erst hole ich das neue Wörterbuch hervor.

Blättere von hinten bis vorne. Fische mir ein Wort heraus.

Bei welchem Wort ich wohl landen werde?

In einem Zug lerne ich einundzwanzig Wörter, zehn dahinter und zehn davor, aber selbstverständlich dauert es ein paar Tage, bis sie im Gedächtnis verankert sind. Ausländische Wörter muss man mindestens sechsmal hören, bevor sie sich einen Platz im Sprachzentrum des Gehirns erobern.

Sprachlehrer sollten das beachten.

Ich beachte das bei meinen Schülern; meine Methode, ihren Wortschatz zu erweitern, ist unfehlbar. Nach jedem Kapitel nehme ich zwanzig Wörter heraus, lasse sie in Übersetzungen und kurzen Texten vorwärts und rückwärts damit arbeiten. Die besten Schüler erhalten die Aufgabe, ein Gedicht zu schreiben, in dem mindestens die Hälfte dieser Wörter vorkommt. Die Gedichte sind dilettantische Stümpereien der schlimmsten Sorte, aber sie betrachten sich als große Dichter und gehen mit geschwellter Brust aus dem Klassenzimmer, die bewundernden Blicke der Mitschüler im Nacken. Die Lehrerin lächelt spöttisch. Eine gute Durchschnittsnote bei der zentralen Englischprüfung ist gesichert. Die Reimereien kommen in eine kleine Mappe, und wenn ich die Gedichtblätter zusammenhefte, sehe ich am Gesichtsausdruck meiner Kollegen, dass das Eindruck schindet und sehr kulturbeflissen wirkt.

Dann sind da aber noch die schlechten Schüler, die nie und nimmer auch nur eine Zeile zustande bringen können und kaum in der eigenen Sprache lesen gelernt haben, geschweige denn in Englisch. Um sie etwas hochzuhieven, was leider wegen der Durchschnittsnote notwendig ist, verwende ich die immer gleich populären Ausspracheübungen. Gebe ihnen einen bestimmten Abschnitt als Hausaufgabe auf, gehe dann mit ihnen einzeln in einen Nebenraum und lasse sie auf Band sprechen, nehme die Kassette mit nach Hause und höre mir den Quatsch unter Qualen an. Am nächsten Tag bespreche ich ernsthaft einzelne Wörter mit ihnen, sage ihnen, wo in dem Abschnitt sie besonders gut waren, was hingegen verbessert werden müsste, und ich rede mit jedem Einzelnen von ihnen wie mit einem angehenden Fernsehstar bei der BBC. Eines schönen Tages werden sie dann anfangen, kurze Nachrichten zu schreiben.

Meine Methoden sind ausgeklügelt.

Ich bin Lehrerin von Gottes Gnaden.

Meiner wird man zweifelsohne lange gedenken.

Der Herr ist mein Hirte, an nichts wird es mir mangeln. Heute nehmen wir Abschied von Thórsteina Thórsdóttir, die ihr Leben der Unterweisung der isländischen Jugend opferte. Mir steht noch heute deutlich vor Augen, als ich Thórsteina zum ersten Mal begegnete. Wir Kinder hingen vor dem Klassenzimmer herum und warteten auf die Englischlehrerin. Wir hatten gehört, dass diese Frau streng wäre, und hatten beschlossen, sie gleich in der ersten Stunde matt zu setzen. Aber Thórsteina setzte uns bereits matt, als sie den Flur entlangkam. Das Klacken ihrer soliden Lehrerclogs erinnerte an regelmäßige Glockenschläge. Sie ging erhobenen Hauptes einher und war makellos gekleidet, schwarzer enger Rock und grauer weicher Pullover. Das schwarze glänzende Haar war nach hinten gekämmt und zu einem Knoten geschlungen, ihr Blick war scharf und stechend. Als wir im Klassenzimmer waren, sagte sie keinen Ton, grüßte uns nicht wie die anderen Lehrer, sondern blickte mit Eiseskälte über die Klasse und sagte dann mit dunkler Stimme, in der ein Hauch von Verachtung mitschwang: Ihr schreibt jetzt einen englischen Aufsatz. In dem müssen euer Name, eure Hobbys und eure Zukunftspläne vorkommen. Wir waren erst vierzehn Jahre alt. Dann sammelte sie die Aufsätze ein, teilte neue Lehrbücher aus, gab uns etwas auf und sagte, dass wir bis zum Ende der Stunde still arbeiten müssten. Auf diese Weise vergingen einige Wochen in offener Feindseligkeit von ihrer Seite, aber ehe wir uns versahen, hatten wir angefangen, wie verrückt für ihre Stunden zu arbeiten. Sie schien jeden Einzelnen von uns im Visier zu haben, wusste um unsere schwachen Seiten, aber auch um die starken, die vielleicht in diesen Jahren nicht sehr viele waren, kannte unsere Sehnsüchte und Wünsche. Ich hatte in diesen Jahren großes Interesse an Modedesign und bekam eine Aufgabe über genau dieses Thema, Übersetzung, Aufsatz und Grammatikübungen über Modedesign. Ein Junge in der Klasse, der von früh bis spät nichts anderes als Fußball im Kopf hatte, bekam eine sehr schwierige

Aufgabe über englischen Fußball und die bekanntesten Spieler. Die er selbstverständlich mit Feuereifer bewältigte. Die Unterrichtsmethoden von Thórsteina waren vom ersten Tag an ausgeklügelt. Sie war eine Lehrerin von Gottes Gnaden.

Ich habe festgestellt, dass die Leute zusammenfahren, wenn sie hören, was für eine dunkle Stimme ich habe. Sie verstummen und starren mich an in der Hoffnung, dass ich weiter spreche. Praktisch für einen Lehrer. Ich hätte mir aber gewünscht, dass mehr auf meine Kleidung eingegangen worden wäre. Es hätte beispielsweise erwähnt werden können, dass ich nicht immer Clogs anhabe. Oft hochhackige Schuhe.

Aber das sind meine Methoden, das ist korrekt. Ich gebe nie auch nur ein Gramm nach.

Du gibst kein Gramm nach, sagte eine erfahrene Lehrerin vor zwanzig Jahren zu mir. Diese ungewöhnliche Ausdrucksweise prägte sich mir ein. Sie traf mich im Lehrerzimmer an, als mir nach Heulen zumute war. Da hatte sie achtzehn Jahre lang bereits Jugendliche unterrichtet, ich einen Monat. Voll gepfropft mit Pädagogik und einem Universitätsabschluss in Englisch, wurde ich nicht mit dieser Teenagerhorde fertig und war nach jeder Unterrichtsstunde fix und fertig mit den Nerven. Niemand hatte mir gesagt, wie man am besten den Schülern gegenüber auftritt, niemand hatte mir gesagt, dass am Anfang das Auftreten des Lehrers die wichtigste Rolle spielt. Disziplin. Damals war das Wort Disziplin verpönt. Aber die erfahrene Lehrerin scherte sich nicht um die Theorien der Pädagogen, zog ihren Stil durch und unterrichtete so, wie es ihr passte. Zeigte nach einem Block von sechs Stunden sozusagen keinerlei Ermüdungserscheinungen. Und in einer Ecke des Lehrerzimmers flüsterte sie mir die Geheimnisse erfolgreichen Unterrichtens zu. Du erhebst niemals die Stimme, sagte sie. Sprichst leise und drohend und stellst permanent Anforderungen. Verlangst, dass sie ein Arbeitsheft anlegen, und setzt sie in der Jahresnote herunter, falls ein Blatt fehlt. Wenn sie kapiert haben, was die Glocke geschlagen hat, kannst du es etwas ruhiger angehen und ihre Talente zur Geltung kommen lassen. Aber denk daran, niemals ein Gramm nachgeben.

Der Zigarillo ist geraucht. Die besinnliche Stunde zu Ende, und immer noch ist die Reiki-Meisterin zugange. Ich habe den Eindruck, dass sie wirklich in Fahrt ist, sie hebt die Hände, hält sie da irgendetwas? Ich muss mir ein besseres Fernglas anschaffen, so geht das nicht. Vor vielen Jahren unterrichtete ich ihren Sohn und hielt ihn für einen Trottel, aber das war nicht der Fall. Der Arme war bloß so unterdrückt. Sein Vater prügelte seine Mutter viele Jahre lang, und zwar bis sie ein Wochenendseminar in Geistheilung mitmachte und sich ihre Lizenz erwarb. Dann warf sie alle bösen Geister aus ihrem Leben hinaus, und der Bengel schnitt bei der zentralen Abschlussprüfung ganz ordentlich ab. Seitdem grüßt sie mich immer zuvorkommend.

Das Rauchen hat mich nicht ruhiger gemacht, ich habe ganz offensichtlich mit den Nachwirkungen einer Gemütserregung zu kämpfen. Meine Aktionen heute Morgen waren aber überlegt und umsichtig, sie wurden ruhig und entschlossen durchgeführt, als sei alles von langer Hand geplant gewesen.

Ich lasse mir trotzdem meinen Wochenendfrieden durch nichts verderben. Im Bett werde ich das ganze Wochenende liegen, mit einem Wörterbuch. Mich ausruhen. Ohne die nervenaufreibende Geschäftigkeit von Stígur in der Wohnung unten. Nicht oft ist man ihn gleich für mehrere Tage los.

Verflixt, es ist schon nach sechs. Hätte beinahe vergessen, das Wetter zu registrieren.

Sechs Grad im Nordfenster.

Sechs Grad im Ostfenster.

Sechs Grad im Südfenster.

Überall die gleiche Temperatur. Das macht der Nieselregen. Keine Sonne im Süden, kein Wind aus dem Norden.

Die Fenster hier an der Südseite sind eigentlich kein Anblick mehr, man sieht kaum noch in den Garten. Falls nicht bald neue Scheiben eingesetzt werden, ziehe ich weg. Am besten erwähne ich das Stígur gegenüber, wenn er zurückkommt, setze meine klassische missvergnügte Miene auf, damit er versucht, mir zu Gefallen zu sein. Die Zeiten sind vorbei, als er dachte, ich sei diejenige, die es ihm recht machen müsste. Eigentlich sollte ich ihn mir ganz und gar aus dem Haus schaffen. Er ist zu lästig.

An dem Tag, als ich in das Haus hier einzog, war er mit der Kellertür an der Ostseite beschäftigt. Fuhrwerkte mit Hammer und Säge, als sei er der einzige Schreiner in der Stadt. Als er mich sah, kam er herbeigeeilt, die Werkzeuge in der Hand, und verlangte, dass der Möbeltransporter wegen des Hydranten zurückgesetzt wurde, der aber noch viele Meter entfernt war. Erwartest du die Feuerwehr, fragte ich kühl. Nein, aber es könnte jederzeit ein Feuer ausbrechen, und dann können sie nirgendwo parken, erklärte er und schüttelte sich vor Gram. Ich wusste nicht, dass Stígur ein fanatisches Faible für Feuerwehrautos hatte und sich verpflichtet fühlte, die Interessen der Feuerwehr zu vertreten. Als ich nichts erwiderte, stiefelte er grantig auf dem Trottoir hin und her, um seinen Worten Nachdruck zu verleihen, und ließ mit dem Theater nicht ab, bis der Fahrer den Wagen zurückgesetzt hatte. Im Handumdrehn war er wie verwandelt und gab sich von seiner kooperativsten Seite, legte die Waffen nieder und war ganz wild darauf, den Packern beim Hereintragen der Möbel zu helfen. Stígur muss immer bei allem mit dabei sein.

Das war vor fünfzehn Jahren. Damals war Stígur ein zwanzigjähriger unverheirateter Lkw-Fahrer, der bei seiner betagten Mutter wohnte und nie das Elternhaus verlassen hatte. Daran hat sich nichts geändert, nur seine Mutter ist gestorben, wohnt jetzt im Jenseits, und er ist fünfzehn Jahre älter. Und immer noch will keine Frau Stígur.

Stígur tritt auf der Stelle.

Ich bin mir ganz sicher, dass seine Art zu gehen etwas mit dem Desinteresse der Weiblichkeit zu tun hat. Stígur ist auf den ersten Blick nicht unansehnlich, aber seine Gehweise gibt den Ausschlag. Nicht genug damit, dass er einen Seemannsgang hat, er zieht die Schultern hoch bis zu den Ohren, kehrt die Handrücken nach vorn und strebt dann vorwärts wie ein Gorilla vor der Attacke. Manchmal könnte ich ihn umbringen.

Ob ich ihn nicht doch noch irgendwann einmal vergifte?

Lehrerin vergiftet Hausgenossen aus der unteren Etage. Ein Lkw-Fahrer Mitte dreißig wurde heute Morgen tot in seiner Wohnung aufgefunden. Die verzerrten Gesichtszüge des Toten deuten darauf hin, dass ihm Gift verabreicht wurde. In der Wohnung gab es keine Anzeichen von Gewalteinwirkung, und deswegen geht man davon aus, dass der Täter Zugang zur Wohnung des Toten hatte. Eine Lehrerin mittleren Alters, die auf der oberen Etage wohnt, wurde unter dem Verdacht, am Tod des Fahrers beteiligt zu sein, verhört. Sie streitet jegliche Beschuldigungen ab und hat ihrerseits eine Klage gegen die Kriminalpolizei wegen Ruhestörung am Samstagmorgen eingereicht. Der Tote war unverheiratet und kinderlos.

Mit dem Ausdruck ›mittleren Alters‹ bin ich vielleicht nicht ganz einverstanden und würde das selbstverständlich mit dem Reporter besprechen. Vor fünfzig Jahren waren Mittvierziger mittleren Alters, vor allem Frauen, aber nicht mehr heutzutage. Als meine Oma sechzig war, hinkte sie wegen Gelenkrheuma und konnte sich nie daran erinnern, wo sie ihre Lesebrille hingelegt hatte, aber eine Kollegin von mir, eine fünfundsechzigjährige Großmutter von fünf Enkelkindern, geht jetzt zum Weiterstudium ins Ausland. Wir werden immer rüstiger, in ein paar Jahrhunderten wird es ein Luxus sein, beizeiten krepieren zu dürfen.

Ich bin durchaus in der Lage, Stígur zu vergiften, denn hin und wieder bin ich gezwungen, ihn zum Essen einzuladen, damit ich mir seine Fähigkeiten in Bezug auf Autoreparaturen zunutze machen kann. Ganz zu schweigen von seiner Universalbegabung, was die Unterhaltung von Haus und Garten betrifft. Außenarbeiten, an denen ich mich als Miteigentümerin des Hauses eigentlich auch beteiligen müsste, die ich aber geflissentlich ignoriere. Und wegen profunder Kenntnisse von Problemen in der Nachbarschaft nehme ich unerträglichen Gang, kindische Großspurigkeit und Tischmanieren auf primitivstem Niveau in Kauf. Hin und wieder wird er – wie gesagt – zu einer Mahlzeit bei der respektablen Lehrerin auf der oberen Etage eingeladen. Die Zigarillos raucht und Leute durch das Fernglas beobachtet. Deswegen ist es wichtig, dass die Fensterscheiben in Ordnung sind.

Pizza mit Schinken?? Was zum Kuckuck soll das bedeuten? Was für ein Depp ist dieser Pizzalieferant? Ist er nicht schon oft genug hierher gekommen, um zu wissen, dass in diesem Haus nur Pizza mit Salami bestellt wird? Hat er das mit Absicht gemacht? Sah ich da etwas aufflackern in seinem Blick? Wollte er womöglich meinen Geschmack verändern? Mir Pizza mit Schinken aufzwingen? Glauben diese Pizzatypen wirklich, dass sie Thórsteina Thórsdóttir manipulieren können?

Standpauke beendet. Es ist mir ein ganz spezielles Vergnügen, Leuten die Leviten zu lesen. Das steigert den Appetit und muntert mich auf. Ich spüre es, wenn ich die Schultern anhebe. Es war – wie gesagt – höchst anregend und vergnüglich, den Besitzer der Pizzeria zur Schnecke zu machen und als Entschädigung für die Unannehmlichkeiten eine gratis Pizza geschickt zu bekommen. Er hat sich mit dieser Pizza Mühe gegeben, der Knilch, sie könnte kaum besser schmecken, das kann man nicht anders sagen. Ich hatte aber auch gedroht, mich wegen des schlechten Service an die Presse zu wenden, hätte schon angefangen zu schreiben.

Über mich ist gesagt worden, dass ich schön esse.

Ich esse schön. Schneide immer nur kleine Stücke. Fasse das Besteck geschickt mit langen Fingern. Sitze kerzengerade, strecke den Hals würdevoll.

Die Haltung wird natürlich derangiert, wenn vor dem Fernseher gegessen wird. Aber ich bin wahrscheinlich gezwungen, die Nachrichten anzuschauen, obwohl ich weiß, dass heute Abend niemand als vermisst gemeldet wird. Erst nach frühestens vierundzwanzig Stunden geben die Angehörigen im Rundfunk und im Fernsehen eine Suchmeldung durch. Wahrscheinlich wird es morgen Mittag in den Radionachrichten bekannt gegeben, und abends in den Fernsehnachrichten. Aber auf jeden Fall verfolgt man die Nachrichten mit, um es diesen Typen im Lehrerzimmer im Zweifelsfall stecken zu können.

Was ist denn das für eine Nachrichtentussi? War die schon einmal da? Nein, die ist noch nie da gewesen. Sie scheint fließend Französisch zu können. Wie heißt sie eigentlich? Wo ist das Telefonbuch? Ich muss wissen, wo sie wohnt. Gudrún. Gudrún. Gudrún, ja. Sólheimar, aha. Ob sie da in den Hochhäusern wohnt?

Ja, ich esse schön. Schaufele das Essen nicht in mich hinein wie die meisten Isländer. Ich habe ja schließlich auch die ganze Welt bereist und bin es gewohnt, mit kultivierten Menschen zu essen.

Thórsteina Thórsdóttir reist gern, und sie hat eine ganz besondere Vorliebe für Frankreich. Französische Einflüsse machen sich bei ihr in Kochkunst und Geschmack bemerkbar. In der eleganten Wohnung der Lehrerin sind die Wände cremefarben, die samtartigen Teppichböden chamois, die Seidenkissen auf dem Sofa hingegen und die Tischlampen sind altrosa und alabaster gehalten. Die weißen, von der Decke bis zum Boden reichenden Gardinen im Wohnzimmer, das mit gediegenen alten Kirschholzmöbeln aus Italien und Südfrankreich eingerichtet ist, verleihen dem Raum eine ruhige Note. An das Wohnzimmer schließt sich eine kleine Bibliothek an, und dort sieht Thórsteina auf einem hundert Jahre alten Florentiner Sofa fern. Aber unser Blick richtet sich auf den Esstisch im vorderen Raum, ein kostbares Stück aus der Champagne, neunzehntes Jahrhundert, den Thórsteina mit erlesenem Meißner Porzellan und englischem Silber deckt. Das Dinner, das sie ihren Gästen präsentiert, besteht aus fünf Gängen, selbstverständlich französische Küche. Als Vorspeise französische Landpastete, dann Kammmuscheln in Zitronenmarinade und danach gegrillte Grapefruit, um den Fischgeschmack wegzunehmen. Im Hauptgang gibt es Hühnchen in Rotwein, und die Nachspeise bildet eine Marzipantorte. Zu den ersten vier Gängen kredenzt Thórsteina edle französische Weine, die sie von ihren Reisen mitgebracht hat, und zum Dessert gibt es Kaffee und Likör. Thórsteina erklärt, dass diesmal der Käse in der Speisenfolge fehle, weil sie schon seit etlichen Monaten nicht mehr in Frankreich gewesen sei. Der Unterricht hindere sie daran, im Winter zu reisen, aber sobald er im Frühjahr zu Ende sei, würde sie gen Süden ziehen, nach Paris fliegen und mit der Bahn zum Mittelmeer fahren. Dort hält sie sich in der Regel den Sommer über auf.

Eigentlich hätte man etwas ausführlicher auf die Tischtücher eingehen können, nicht alle besitzen Klöppelarbeiten aus Burano, und in der Tat sind sie grün und gelb vor Neid, die Mädels, wenn ich sie zum Essen lade. Es ist ihnen noch nicht gelungen, mich zu überbieten. Nicht seitdem ich vor drei Jahren mit einer französischen Speisenfolge zurückgekommen war. Das hat sie völlig umgehauen. Das Essen war perfekt, zumal vorher an Stígur getestet.

Mein lieber Stígur, hast du für heute Abend schon etwas zum Essen eingekauft?

Ja, ich denke schon, ich habe Würstchen, Remoulade, Brot und Waschpulver gekauft.

Dann hast du wohl keine Lust, nach oben zu kommen und französische Landpastete zu probieren?

Pastete?

Ja, eine französische Vorspeise.

Jetzt?

Nachher, so um die Abendessenszeit.

Auf Brot?

Nein. Man isst sie als Vorspeise, und anschließend bekommst du französische Fischsuppe.

Um sieben?

Ja, ja, um sieben. Wenn du möchtest, kannst du vorher fahren und mein Auto voll tanken und die Scheibenwischanlage kontrollieren lassen.

Schlag sieben erschien er mit den Zeitungen unter dem Arm, mein Morgenblatt von gestern und sein neuestes Tageblatt, trat auf dem Treppenabsatz von einem Fuß auf den anderen, wie gewöhnlich mit verdüsterter Miene wegen dem, was in den Zeitungen stand. Er tat so, als seien sie der Anlass des Besuchs und nicht meine besagte Einladung. Unsicherheit im Blick entlarvte ihn jedoch und gab zu erkennen, dass er sich über seine gesellschaftliche Position nicht ganz im Klaren war, ob die Lehrerin es ernst gemeint hatte, als sie ihm Pastete als Vorspeise anbot, oder ob sie ihn nur auf den Arm nehmen wollte.

Nimm am Küchentisch Platz, lieber Stígur. Es ist alles so gut wie fertig.

Hier hast du dein Morgenblatt von gestern wieder und mein Tageblatt von heute, ich habe nur die Sportnachrichten herausgenommen, falls es dir nichts ausmacht.

Du brauchst das nicht immer wieder zu sagen, Stígur, du weißt, dass es mir überhaupt nichts ausmacht.

Wir haben gestern verloren, führten mit einem Tor, und dann kam dieser Pass von Gudjón zu Haukur, und Fram konnte ausgleichen, und dann kamen sie nach einem Steilpass sieben Sekunden vor Spielschluss in Führung.

Tatsächlich? Ich wusste gar nicht, dass du Fußball spielst?

Die Sportskanone hatte keine Antwort parat und konzentrierte sich auf die Leckerbissen, schaufelte die Pastete in sich hinein, schlürfte die Suppe hinunter. Ich bewahrte trotzdem Ruhe. Ich sehe keinen Grund, Stígur wegen seiner Tischsitten zu ermahnen, wenn die halbe Nation nicht mit Messer und Gabel umgehen kann. Aber auch wenn die Tischsitten der Leute nicht primitiver sein könnten, ihr Geschmackssinn ist zuverlässig und steht in keiner Relation zu ihren Manieren. Seine Gier gab zu erkennen, dass mir das Essen gut gelungen war, wie nicht anders zu erwarten. Stígur ließ keinen Löffel übrig, rülpste, als er mit der Suppe fertig war, sprang dann auf und bedankte sich fürs Essen. Nahm meine neue Zeitung und bekam sein altes Blatt zurück. So verliefen die Essenseinladungen für Stígur, schnell und reibungslos.

Nach der Generalprobe kommt dann die Premiere.

Auf dem Bild sieht man von links: Isländischlehrerin Arndís, Mathematiklehrerin Droplaug, Dänischlehrerin Steinvör und Englischlehrerin Thórsteina.

Drei sind verheiratet, zwei davon zum zweiten Mal, eine ist geschieden und hat einen französischen Liebhaber. Das Bild wurde im Frühling in Paris aufgenommen.

In die Gruppe wurde ich erst aufgenommen, als ich mir den Franzosen zugelegt hatte.

Trotzdem war ich im Lehrerzimmer die Frau von Welt und hatte mit ihnen sieben Jahre lang am gleichen Tisch gesessen.

Als ich anfing, an der Schule zu unterrichten, suchte ich mir gleich einen Platz, von dem aus ich das Zimmer überblicken und wo niemand sich mir von hinten nähern konnte. Thronte in der Mitte des Tisches. Niemals versuchte jemand, mir den Platz streitig zu machen, zumal ich immer zu den ersten gehörte, die in der Pause ins Lehrerzimmer kamen. Ich entließ meine Schüler genau zwei Minuten vor dem Klingeln, aber im Gegenzug war ich immer mit Klassenbuch und Unterlagen vor dem Klassenzimmer zur Stelle, wenn zur Stunde geläutet wurde. Meine Kollegen hatten keinen solchen Zeitsinn. Um mich herum saßen immer dieselben Weisen, die drei Damen und vier andere Kollegen, zwei davon männlich. Hin und wieder, wenn wegen Krankheit oder Ausfällen ein Platz frei wurde, verschlug es andere an diesen Tisch, Psychologen oder Referendare, die die Welt mit Projektarbeit erlösen wollten, aber meistens konnte man am Tisch mit demselben Kern rechnen. Die Gesprächsthemen drehten sich in den meisten Fällen um die Schüler, um Künstler und wie teuer Lebensmittel und Autos waren. Manchmal gab ich das eine oder andere von mir, das ins Schwarze traf und Gelächter hervorrief. Meine Kollegen hatten auf Umwegen herausgefunden, dass ich geschieden war, meine Sommer im Ausland verbrachte und mit Aktien und vermietetem Hausbesitz auf der Laugavegur* ein Luxusleben führte. Das Lehrergehalt war nur ein Taschengeld. An diesem Tisch war ich – wie gesagt – die Frau von Welt, die teure Markenkleidung trug, sich kulturell auf dem Laufenden hielt und dem Lehrerzimmer ein gewisses ausländisches Flair verlieh, aber trotzdem wurde ich erst in die Gruppe der Auserwählten aufgenommen, als ich mir den Franzosen zugelegt hatte.

Bis zu dem Zeitpunkt spielten sie sich auf wie Damen aus besseren Kreisen und glaubten, die Vorrechte genießen zu können, die mit Ehen und festen Beziehungen verbunden sind. Ich wusste natürlich die ganze Zeit, dass sie mich um meine Freiheit und finanziellen Ressourcen beneideten. Eines Tages fragten sie mich

* Hauptgeschäftsstraße in Reykjavík, Anmerk. d. Red.

schließlich scherzhaft, um Schadenfreude zu kaschieren, ob es nicht höchste Eisenbahn sei, mir einen Mann zu angeln.

Was meint ihr eigentlich, fragte ich verwundert, ich habe schon seit vielen Monaten einen französischen Liebhaber.

Sie konnten kaum vom Stuhl hochkommen, als es klingelte.

Tags darauf lud Arndís mich zu einem Damenkaffee ein.

Dort musste ich genauestens über den Franzosen Auskunft geben, und ich erklärte der Wahrheit gemäß, dass ich ihn in einer kleinen Stadt in der Nähe von Marseille getroffen hatte. Sie glaubten mir kein Wort, denn mein Lebensstil war über die Erwartungen erhaben, die sie an das Leben stellten. Hingegen beschlossen sie, zu Ostern an einer Damenreise nach Paris teilzunehmen, und vor der Abreise erinnerten sie mich wochenlang zu allen möglichen und unmöglichen Gelegenheiten daran, dass sie meinen Franzosen in Paris treffen müssten, etwas anderes käme gar nicht infrage. Ich sagte, das sei kein Problem, vorausgesetzt, dass er zu der Zeit verfügbar sei.

Ich bin schon viel in Europa gereist, aber keine Reise ist mir so angenehm in der Erinnerung wie diese Frühlingsreise nach Paris. Der Höhepunkt war der Augenblick vor dem Hotel.

Spaßeshalber beschloss ich, Louis wissen zu lassen, dass ich einige Tage in seinem Land verbringen würde, und rief ihn zwei Tage vor der Abreise an. Noch kein Jahr war seit unserem ersten Zusammentreffen vergangen, und unsere Verbindung war immer noch in dem Stadium, wo keiner weiß, was der andere denkt. Intime Kontakte hatten noch nicht stattgefunden, denn ich bin nicht der Typ, der ohne Vorbereitung in anderer Leute Betten springt. Aber es lag in der Luft, dass ich diesem Mann nicht gleichgültig war, was man deutlich beim Abschied erkennen und aus den Briefen herauslesen konnte, die er mir nach diesem bemerkenswerten Sommerurlaub schickte. Sie waren aber alle sehr höflich gehalten. Ich rief wie gesagt an und sagte mehr im Spaß als im Ernst, dass er, wenn er wollte, mich in Paris treffen könnte. Nannte ihm dann den Tag der Ankunft und den Namen des Hotels.

Die Weiberschar zog mit viel Getöse los, wie Kühe, die im Frühjahr aus dem Stall gelassen werden, und landete gegen Abend in Paris. Wir nahmen zu viert ein Taxi vom Flughafen zum Hotel und hatten alle den französischen Liebhaber vergessen, denn unser Geist war mit Weingeist verquickt, und außerdem waren die fest Verheirateten viel zu sehr mit der eigenen Freiheit beschäftigt, als dass das Liebesleben anderer zum Zuge kommen konnte. Die Straßen in Montmartre waren feucht und kalt im Abendregen, die Leute eilten unter Regenschirmen zwischen erleuchteten Bistros hin und her, und wir überlegten, ob wir nicht irgendwo noch einen Platz finden könnten, um uns vor dem Schlafengehen ein wenig aufzumuntern. Wir kramten die Francs für den Chauffeur zusammen, als die hintere Tür aufgerissen wurde und ein schirmbewaffneter Mann den Passagieren auf dem Rücksitz die Hand reichte.

Ein fantastischer Service ist das hier, faselte Steinvör und puffte mich, denn ich saß direkt an der Tür. Ohne zu überlegen, ergriff ich die Hand, die mich aus dem Sitz hochzog, und landete mit Schwung unter dem Regenschirm.

Der französische Liebhaber aus Marseille war zur Stelle.

Er küsste mich dreimal auf die Wange, wie es unter Franzosen üblich ist, zögerte einen Augenblick, während wir einander in die Augen blickten, fasste mich dann mit der freien Hand männlich um die Hüfte und drückte mich an sich.

Im Auto entrang sich der weit gereisten Weiblichkeit aus Island ein Stöhnen.

Die Existenz des Franzosen schien damit restlos erwiesen. Im

Anschluss an diesen dramatischen Augenblick gab es Demonstrationsunterricht in französischer Lebensart, der Liebhaber half den Lehrerinnen aus dem Auto und küsste jeder Einzelnen die Hand, als sie vorgestellt wurden. Die Szene erinnerte an höfische Sitten zur Zeit Ludwigs des Vierzehnten. Die Nacht verbrachte der Sonnenkönig mit seinen Hofdamen im Trubel und Frohsinn von Paris. Gegen Morgen schieden sich die Wege, die Liebenden verschwanden in ihren Gemächern, während alkoholisierte und redselige Lehrerinnen einen Ort suchten, wo sie sich Cognac zum Frühstück bestellen konnten. Selbstverständlich gelüstete es mich mehr danach, mit den Frauen zu frühstücken, als mich auf dem Höhepunkt der Stimmung aufs Hotelzimmer zurückzuziehen. Aber es war unvermeidlich, ich musste dem Freund den phänomenalen Empfang lohnen.

Warum in aller Welt habe ich mir eigentlich noch keine Spülmaschine angeschafft? Ich bräuchte sie nur einmal in der Woche anzustellen, Porzellan ist genügend vorhanden. Durchschnittlich sieben flache Teller pro Woche, sieben tiefe für morgendliche Cornflakes, vierzehn Wassergläser, vierzehn Kaffeetassen, die gleiche Anzahl Untertassen, sieben Teetassen, siebenmal Besteck. Ich bin den Aufwasch schon seit langem leid, das muss ich zugeben. Obwohl er mir Gelegenheit gibt, am Küchenfenster an der Ostseite des Hauses zu stehen und die ganze Straße zu beobachten. Grau und menschenleer wie gewöhnlich. Kinder spielen nicht mehr auf der Straße, und Frauen halten kein Schwätzchen mehr bei der Wäscheleine. Isländer sieht man nur im Sommer samstags draußen, wenn sie Autos polieren, Unkraut jäten oder Koteletts grillen. Wo sind denn all die Leute?, fragte einmal ein Ausländer, denn er sah niemals Menschen in den Wohnvierteln.

Mein Verhängnis war es, nicht in einem südlichen Land geboren worden zu sein, wo es das ganze Jahr hindurch auf den Straßen von Menschen wimmelt. Wo luftig gekleidete Frauen mittleren Alters morgens von Markt zu Markt streifen und Obst und Käse kaufen, sich dann in ihre kleine kühle Wohnung zurückziehen, sich bei milder südlicher Brise, die Balkons und Kastanienbäume umschmeichelt, etwas hinlegen, um dann erquickt wieder auf den Plan zu treten, wenn die Sonne niedriger steht, um zwischen Boutiquen und Bistros einherzuflanieren, auf dem Heimweg in einen Weinladen hineinzuschauen und den Tag mit der Vorbereitung des Abendessens abzuschließen, das gegen acht beginnt und um Mitternacht endet.

Das Räucherstäbchenteam kommt heraus. Sechs Stück, ich hatte also richtig gezählt. Und jetzt ist es neun, ich bin sprachlos, brauchen sie kein Abendessen zu machen, oder was? Bis in die Nacht hinein auf einem esoterischen Trip herumschwärmen und die Kinder währenddessen Chips futtern lassen. Ich würde mich nicht wundern, wenn sie morgen früh um neun Uhr wieder auf der Matte stehen würden. Und dann dieser Aufzug, Jeans und Goretex-Jacken. Ja, nichts wie in die Autos mit euch, und macht, dass ihr wegkommt, wir wollen Frieden hier in der Straße haben. Und Ruhe.

– Hörst du das Hämmern, Thórsteina?

– Hämmern? Nein, ich höre nichts.

– Kein Hämmern im Haus?

– Ich höre nur das Schweigen. Vielleicht kommen die Geräusche von draußen, diese Schrullen haben die Autotüren zugeknallt.

– Kam das Hämmern nicht aus dem Keller?

– Das glaube ich kaum, da wohnt meines Wissens niemand, aber solche Geräusche hallen oft durch die Heizungsrohre.

Der Duft von Lavendel. Nun schließ ich meine Augen. Hab die Arme voll duftender Kleider, sehe lilablaue Felder unter heißer Sonne, höre Schwalben über mir und summende Insekten zu meinen Füßen, spüre, wie das gelbe Gras zittert.

Ich verstand van Goghs Gemälde besser, nachdem ich die gelben und lavendelblauen Felder in der Provence durchstreift hatte. Traurig, dass der Mann sich das Ohr abgeschnitten hat.

Wenige besitzen so viel Garderobe wie ich. Die große Kleidersammlerin aus Reykjavík. Garderobe für jede einzelne Vorstellung, gekauft in den Modehäusern von Paris und London. Thórsteina immer im Rampenlicht. In der Rolle der Lehrerin, der Reisenden, des Dinnergasts, der Theaterbesucherin.

Ich gehe ins Theater, um etwas von dieser Garderobe benutzen zu können. Das Stück spielt eine untergeordnete Rolle. Außer wenn Shakespeares Werke gezeigt werden, selbstverständlich, dann gehe ich um des Stückes willen. Ich genieße Sprache und Vortrag, die Worte spielen eine größere Rolle als Mimik und Gestik. Manchmal habe ich eine Taschenbuchausgabe des betreffenden Werks mit, im Original, und blättere während der Vorstellung spaßeshalber darin, um zu sehen, wie der Übersetzer einzelne Wörter und Wendungen gemeistert hat. Das ist lehrreich für eine Englischlehrerin. Leider kommt mir aber dieses Wissen im Unterricht auf Jahrgangsstufe neun wenig zustatten, mit fünfzehn liest man nicht Shakespeare.

Lehrer wie ich gehören in der Tat an ein gutes Gymnasium, und ich habe es wahrlich zu lange hinausgezögert, mich um eine Stelle an einer weiterführenden Schule zu bewerben. Die Vorstellung, den Arbeitsplatz wechseln zu müssen, hat mich zurückgehalten. Ich habe keine Lust, neue Leute kennen zu lernen. Aber selbstredend wäre ich die richtige, um mit der Jugend dieses Landes King Lear oder Macbeth zu lesen. Es ist mir manches Mal in den Sinn gekommen, dass ich, wenn ich in die englische Gesellschaft hineingeboren worden wäre, heute auf den Brettern der bedeutendsten Londoner Theater stehen würde.

Thórsteina in der Rolle der Lady Macbeth:

Here's the smell of the blood still.

Yes.

Letzte Chance, Thórsteina auf der Bühne zu erleben. Es gibt nur noch wenige Vorstellungen.

All diese unbenutzten Kleider. Saumselig auf Bügeln hängend. Das älteste aus den siebziger Jahren. Alabasterweiß mit Stickerei. Das Brautkleid.

Frauen bewahren ihre Brautkleider auf. Nicht wegen nostalgischer Reminiszenz an die Liebe und den jungen Mann, dem sie am Schicksalstag das Jawort gaben, nicht um es später den Töchtern zu vermachen, nicht um es in ein Abendkleid zu verwandeln, sondern um sich an den Tag zu erinnern, an dem sie das unumschränkte Recht auf die Aufmerksamkeit aller hatten, allein im Rampenlicht standen.

Der Bräutigam im dunkelblauen Anzug, etwas geistesabwesend nach nächtlichen Eskapaden, aber klar genug im Kopf, um sich das Ja herauszupressen und die bewundernden Blicke junger und älterer Frauen wahrzunehmen, die schon in den Wechseljahren waren, aber trotzdem sich noch vorstellen konnten, ihn zu bekommen, den Musiker mit dem sensiblen Profil. Diesen Fackelträger.

Der mir am Hochzeitstag die Schau stahl. Am Tag des Brautkleids.

War es verwunderlich, dass ich den Mann hinauswarf? Zumal er damals bereits die Betten diverser Frauen gewärmt, es aber verabsäumt hatte, meines so zu wärmen, dass es fruchtete. Kinderlos zogen wir in die untere Etage im Haus meiner Eltern ein, und kinderlos ließen wir uns am Ende der Vorstellung scheiden. Mit den Schulden von fünf Jahren auf dem Buckel. Anfangs war die Aufführung jedoch sehr lebhaft gewesen, viel Musik, Tanz und edle Getränke, aber als dem Künstler nicht die verdiente Anerkennung zuteil wurde, war der Ärmste auf den Beistand wildfremder Frauen angewiesen, um die Schaffensfreude zu aktivieren. Die er in seiner Euphorie versehentlich mit Hilfe von Bacchus ertränkt hatte. Und so endete das Stück selbstverständlich mit Hinauswurf. Mama beobachtete ihn aus dem Fenster im oberen Stockwerk, benommen wegen Medikamentenkonsums, den Haushalt aber wie immer unter Kontrolle.

Liebe Thórsteina, was hast du denn da draußen auf dem Rasen?

Die Sachen von Hallgrímur.

Was haben die denn da verloren?

Ich will sie anzünden.

Ach so. Pass auf, meine Liebe, dass das Feuer nicht an meine Heckenrosen kommt.

Liebe Thórsteina, was trägst du denn da in den Lieferwagen?

Die Möbel von Hallgrímur.

Was haben sie denn da zu suchen?

Ich will sie auf die Müllkippe bringen.

Ach so. Meine Liebe, dann schaff mir doch gleich den hässlichen kleinen Tisch aus der Waschküche weg.

Vom Platz im Kleiderschrank her machte es wirklich einen großen Unterschied, Hallgrímur nicht mehr im Schlepptau zu haben, als ich mir diese Wohnung kaufte und aus dem Elternhaus auszog. Männergarderobe braucht viel Platz, soviel steht fest. Ich hätte mindestens einen Schrank für seine Klamotten opfern müssen, hundertzwanzig Zentimeter alles in allem. Ich habe keine Ahnung, wie das hätte funktionieren sollen, wenn sechs Meter Schrankplatz kaum für meine Oberbekleidung ausreichen. Im Übrigen war Hallgrímur, der Lackaffe, nicht weniger eitel als ich und hätte sich kaum mit hundertzwanzig Zentimetern begnügt, wenn man es recht bedenkt. Deswegen durchrieselte mich eine innere Freude, als ich seine Kleider auf dem Rasen zu Hause verbrannte. Es war ein schöner, schlichter Akt bei Tagesanbruch, zu der Zeit, wenn die Frühlingssonne sich aus winterlichem Schneematsch hochzuhieven beginnt. Ich erinnere mich, wie die Knospen der Bäume aufgrund der Feuersglut anzuschwellen schienen, und ich wartete in atemloser Spannung auf grünende Blätter, aber nichts regte sich. Hingegen loderten in der Windstille die Klamotten von Hallgrímur fröhlich, als Mama ans Fenster kam, um mich an die Heckenrosen zu erinnern. Der schwarze hässliche Fleck auf dem Rasen nach beendeter Feuerbestattung war ihr herzlich egal, aber ich befand mich in einem Glücksrausch, denn in Wirklichkeit kam es mir so vor, als hätte ich Hallgrímur selbst verbrannt.

Es war aber keineswegs schlimm, mit Hallgrímur zu schlafen, bevor sich seine Flatterhaftigkeit in der Liebe herausstellte, und ich erinnere mich, wie gern der Ärmste schnarchte. Meistens schlief er auf der rechten Seite ein und kuschelte sich wie ein Baby an mich, während ich las, aber nach wenigen Augenblicken hörte man Rachenlaute und Schnaufer, die sich in Sekundenschnelle in lautes Schnarchen verwandeln konnten. Ich gestattete ihm zu schnarchen, während ich das Kapitel zu Ende las, aber wenn er dann nicht aufhörte, nachdem ich das Licht gelöscht und mich zurechtgebettet hatte, nahm ich mein Kopfkissen und versuchte, die abartigen Geräusche damit zu ersticken.

Seit ich diese geräumigen Kleiderschränke besitze, habe ich jeden Freitag meine Garderobe sortiert, falls nichts anderes anlag und ich nicht im Ausland war. Von montags bis freitags ist meine Kleidung festgelegt und es wird keine Zeit mit wilder Suche im letzten Moment nach dem richtigen Teil verschwendet, wie es jeden Morgen augenscheinlich bei meinen Kolleginnen der Fall ist. Ihr Kleidungsstil ist mit ein Grund für die Geringschätzung des Lehrerstands in dieser Gesellschaft.

Mér finnst best að strjúka silki og flannel.

I like to stroke silk and flannel.

Jeg stryger gerne silke og flannel.

Am liebsten streichle ich Seide und Flanell.

Die beste Sprachübung ist die, vor dem Einschlafen den letzten Gedanken ins Englische, Dänische und Deutsche zu übersetzen. Ich hätte gerne das verflixte Französisch dabei gehabt.

Das Wörterbuch wartet auf mich, wenn ich aus dem Bad komme.

Das Lavendelöl im Badewasser tut Wunder an trockener und müder Haut, beruhigt die Nerven, und um die Wirkung des Öls, während es die Haut umschmeichelt, zu intensivieren, ist es optimal, eine Kerze anzuzünden und leiser Musik im Radio zu lauschen. Französische Bäder haben es den isländischen voraus, dass sie exklusive Duftessenzen in Hülle und Fülle enthalten und kein Vermögen kosten wie im Wucherland Island, wo es als Luxus gilt, gut zu duften. Französisches Wasser hingegen ist nicht so gut wie das isländische. Es ist mehrfach geklärt, glaube ich.

Jetzt kommen die Elfuhrnachrichten.

Niemand wird als vermisst gemeldet. Habe ich auch nicht erwartet. So läuft das nicht.

Weiter mit dem Ölbad. Gestatten wir der Wonne, die Adern der Lehrerin zu durchströmen.

Und für diejenigen, die gerade erst zugeschaltet haben, sei noch einmal erwähnt, dass unser Gast heute Abend niemand anderes als die Lehrerin Thórsteina Thórsdóttir ist.

Thórsteina, wir sprachen gerade über deine Ehe. Wie war dir denn nach der Scheidung zumute?

Ich kann vielleicht nicht behaupten, dass das Stimmungsbarometer auf Hoch stand. Ich habe lange Zeit gebraucht, bis mir klar wurde, dass ich mich nicht nach Hause zu beeilen brauchte, um für jemand anderen zu kochen. Es war so eine Erleichterung, frei zu sein, dass ich ein ganzes Jahr überhaupt nicht kochte.

Aber nach der Scheidung hast du doch Liebhaber gehabt, nicht wahr?

Doch, selbstverständlich, aber ich habe sie nicht bekocht. Allerdings fehlte einmal nicht viel, dass ich es doch hätte tun müssen. Damals war ich mit einem geschiedenen Professor liiert, der allein in seiner Wohnung lebte, aber bei seiner Mutter aß. Unsere Beziehung war in das Stadium eingetreten, wo jeder dem anderen seine Angewohnheiten und Gepflogenheiten offenbart. Wir führten sozusagen Sondierungsgespräche, und eines Abends erklärte er mir ziemlich selbstgefällig: Ich nutze meine Zeit optimal, lese beispielsweise eine Stunde vor dem Abendessen immer die Fachzeitschriften. Unsere Gespräche endeten hier und wurden niemals fortgesetzt. Ich brauchte nicht einmal zu fragen, wer sich in unserem künftigen Zusammenleben um das Essen kümmern würde, während er lesen würde. Die Antwort lag auf der Hand. Ich erklärte kurz und bündig, dass unsere Beziehung hiermit beendet sei, und verschwand dann von der Bildfläche. Er war mir noch lange auf den Fersen, diese tüchtige Leseratte, rief unentwegt an oder hing an der Gegensprechanlage. Damals lebte die Mutter von Stígur noch, und sie, die sterbenskrank war, ließ sich vom Sohn zum Fenster tragen, damit sie den Professor auf der Treppe weinen sehen konnte. Sie fand das so schön. Nein, ich bekoche meine Liebhaber nicht. Hingegen koche ich hin und wieder für meine Freundinnen und Kolleginnen. Dann serviere ich ein Galadinner mit sechs oder sieben Gängen. Das Menü bekomme ich von einem französischen Feinschmecker zugeschickt.

Wenden wir uns dann vom Kochen ab und wieder den Liebhabern zu, du hast einen Freund in Südfrankreich, habe ich gehört?

Ja, in derselben Gegend, wo van Gogh sich das Ohr abgeschnitten hat.

Wie wäre es, wenn du den Hörern etwas über ihn erzählen würdest, es gibt ja nicht viele isländische Lehrerinnen mit französischen Liebhabern?

Richtig, es gibt nicht viele, denn isländische Lehrerinnen sind schließlich von September bis in den Mai geschlechtslos. Also, ich traf meinen Freund vor drei Jahren in einer Kleinstadt in der Nähe von Marseille. Ich hatte mir dort ein Appartement gemietet, und eines Nachmittags, als die Sonne so heiß war, dass es mir zu viel wurde, ging ich in das Kunstmuseum des Städtchens, um mich eine Weile abzukühlen. Da sah ich den Kustos. Er war mittelgroß, hatte ein hellblaues Hemd an und dunkelblaue exakt gebügelte Hosen, er trug gut geputzte, weiche Lederschuhe. *Gut gepflegt*, wie es heißt. Ich schenkte dieser duftenden Gepflegtheit besondere Aufmerksamkeit, und das war wahrscheinlich der Grund dafür, dass er auf mich zukam und einen ganzen Vortrag vom Stapel ließ, was ja Franzosen gern tun, und gleichzeitig gestikulierte er und deutete auf das Bild, vor dem ich zufällig stehen geblieben war. Merci, sagte ich nur mit dunkler Stimme, als er endlich den Mund zumachte. In dem Moment hat er wahrscheinlich meine Reize entdeckt, denn sein Benehmen änderte sich. Um es kurz zu machen, wir begannen ein Gespräch auf Englisch, und dann stellte sich heraus, dass wir beide aufgeklärte und unabhängige Freidenker waren. Er lud mich für den folgenden Tag zu einer Vernissage im Museum ein, wo er mich der Prominenz des Städtchens vorstellte, und nach zweistündigem Weißweintrinken fanden wir heraus, dass uns beiden derselbe Lebensstil zusagte. In den nächsten Tagen zeigte er mir die Gegend, schwamm mit mir im Mittelmeer und kochte ein Essen mit sieben Gängen für mich. Ein Charmeur ohnegleichen. Er wohnt eigentlich in Marseille, weil im Winter dort mehr los ist, aber da er dieses kleine Museum in dem Städtchen unter Aufsicht hat, besitzt er auch dort eine kleine Wohnung, mit einer Veranda nach Süden. Wir lieben nicht einander, sondern wir lieben nur uns selbst. Aber wir passen zueinander, und deswegen habe ich ihn im Sommer besucht und ihn für mich kochen lassen.

In so einer Radiosendung geht man nicht auf die Methoden französischer Liebhaber ein, zumal isländische Männer nie verstehen werden, warum französische so viel Wert auf ein höfliches Vorspiel legen.

Französische Bäder duften wie bereits erwähnt nach Lavendel und Rosen, aber die isländischen nach amerikanischem Seifenschaum. Das Wasser in Island ist aber rein, gesund und kalt, und deswegen ist es äußerst schwierig, sich für den Umzug in ein anderes Land zu entscheiden. Lässt man sich in einem Land mit mehrfach geklärtem Wasser nieder? Ich bekomme Durst von diesem Wassergerede.

– Ist nicht genug Wasser bei dir, Thórsteina?

– Doch, doch, aber ich trinke wohl kaum das Badewasser.

– Ist genügend Wasser im Haus?

– Soweit ich weiß, kommt aus allen Hähnen Wasser, wenn man sie aufdreht.

– Aber im Keller, ist dort auch Wasser?

– Nein, da habe ich mittags das Wasser abgedreht.

Es ist eine verbreitete Meinung, dass Wörterbücher keine Unterhaltungslektüre sind, und sie werden nie genannt, wenn die Frage gestellt wird: Was für ein Buch liegt auf deinem Nachttisch? Auf meinem Nachttisch befinden sich derzeit vier Wörterbücher. Ein dänisch-dänisches Stilwörterbuch, siebenhundertfünfzig Gramm, fünfhundertachtundachtzig Seiten, in denen ich nur wenig geblättert habe, ein englisch-isländisches, siebenhundertfünfzig Gramm, siebenhundertneunundfünfzig Seiten, das ich von der ersten Seite bis zur letzten gelesen habe, ein deutsch-deutsches, knapp zweikommazwei Kilo, viertausenddreihundertundneunzehn Seiten, wenn ich mich recht erinnere, in das ich hin und wieder hineinschaue, und dann das französische, das ich heute gekauft habe, um es feierlich aufzuschlagen, wenn ich mir die Kissen zurechtgerückt habe.

In meinen seltenen alten Wörterbüchern, wie dem ältesten, dem französisch-dänisch, dänisch-französischen, und diesem ungarischen, blättere ich nur zu besonderen Anlässen im Arbeitszimmer. Thórsteinas Heiligtum.

Jung wurde ich Wörterbüchern anheim gegeben.

Wörterbücher sind lehrreich und erzieherisch wertvoll, erwecken keine unliebsamen Gefühle wie Romane, die versuchen, einen in Emotionen wie Liebe, Hass, Eifersucht, Neid und Bosheit hineinzuzerren, durch die Bank nichts anderes als Phantasien des Autors, dummes Zeug und Geschwätz. Ein Wörterbuch ist zuverlässig und weckt Bewunderung für Wörter und Wendungen, die die Autoren mühevoll gesammelt und mit Energie und Ausdauer aufgezeichnet haben.

Ich studierte an der Universität und hatte zu Hause meine Probleme mit Hallgrímur, als ich mich bei einem Bekannten über Schlaflosigkeit beklagte. Da sagte er mir, dass es das beste Mittel zum Einschlafen sei, einige Seiten in einer deutschen Grammatik zu lesen. Ich folgte diesem Ratschlag, und als ich eine Grammatik von vorn bis hinten durchgelesen hatte, griff ich in meiner Verzweiflung nach einem Wörterbuch, das auf meinem Schreibtisch lag, englisch-englisch, herausgegeben in Oxford, neunzehnhundertachtundvierzig, zwölfhundert Seiten lang und achthundertsechzig Gramm schwer. Und so kam ich genau an diesem Abend zu meiner Methode, die seitdem immer getaugt hat. Ein Wort herausgegriffen, zehn Wörter dahinter gelernt und zehn davor. Seitdem habe ich immer abends einschlafen können.

Was hat mich geweckt? Wer hat mich geweckt?

Menschenleere lange Gänge, seltsame Geräusche aus hohlen Fußböden, dumpfes Klappern, Klacken von Clogs, Rumpeln, Dröhnen, Nebel, Stockfinsternis.

Warum träume ich so einen Quatsch, und das nach nur drei Stunden Schlaf? Ist es mir bestimmt, hier wach zu liegen und den schnarchenden Geräuschen des Winds zu lauschen, oder bekomme ich wieder Wind in die Segel, um die Wellen des Träumemeers zu durchpflügen?

Schlaflos?

Wie drückt man das auf französisch aus? Muss ich nicht nachschlagen?

Dann muss ich aber Licht machen und aufstehen, und das bedeutet, dass ich dann richtig wach werde.

Was hat mich geweckt?

Geräusche von unten, Geräusche von oben, Geräusche von innen?

Bestimmt Laute von innen, mir fehlen Hormone. Wenn Frauen in die Wechseljahre kommen, leiden sie unter Schlafproblemen wegen Hormonmangel, das hätte mir früher einfallen können. Als hätte ich das nicht gewusst. Natürlich weiß ich alles über die Wechseljahre, mit der Misere muss ich mich täglich auseinander setzen.

Voriges Jahr im Mai während der schriftlichen Prüfungen habe ich festgestellt, dass ich in die besagten Jahre komme. Ich hatte mich am Kaffeetisch niedergelassen, als ich eine Pause bei der Prüfungsaufsicht hatte, und plauderte mit zwei Kolleginnen über Zensuren. Themen, die normalerweise kaum jemand aus der Fassung zu bringen vermögen. Da sah ich, wie die Handarbeitslehrerin rot anlief. Schweißperlen traten ihr auf die Stirn, das Gesicht wurde immer heißer und angeschwollener, sie atmete schnaufend, und im Handumdrehn war ihre Brille beschlagen. Die Frau hatte einen Schweißausbruch. Sprachlos beobachtete ich diesen unerfreulichen Anblick. Als ich zu Isländischlehrerin Arndís hinüberschaute, sah ich, dass sie das auch bemerkt hatte. Als die Handarbeitslehrerin das Lehrerzimmer verlassen hatte, hob Arndís die Kaffeetasse an die Lippen und sagte trocken: Die Frau sollte sich ein Hormonpräparat besorgen.

Arndís ließ sich nicht mit Hormonmangel erwischen.

Frauen in meiner Familie haben nichts mit solchen Hitzeanfällen zu schaffen gehabt, doch die meisten haben in diesem Alter unter Schlaflosigkeit gelitten. Ich erinnere mich jetzt. Mama hat das einmal erwähnt. Da haben wir die Erklärung für die nächtliche Unruhe in meiner Seele. Ein erbliches Übel. Man kann sich jetzt schon darauf freuen, ins Pensionsalter zu kommen, wenn man dann endlich wieder anständig schlafen kann.

Ich steh jetzt auf.

Dieses verflixte Wort schlaflos; *schlaflos* muss ich in meinem isländisch-französischen Wörterbuch nachschlagen, das im Arbeitszimmer im Regal steht, falls ich Seelenfrieden und Bettruhe finden will.

Erscheinungsjahr korrekt. Schlaflos, Schlaflosigkeit, das ist *insomnie.* Ja, genau. Das hätte ich mir selber sagen können. Ganz ähnlich wie im Englischen. Damit sollte ich zufrieden sein. Und was macht man dann mitten in der Nacht mit so einer *insomnie*?

Ich werde mir die Hände waschen und durch die Wohnung geistern wie Lady Macbeth.

Dieses Bild über dem Sofa kaufte mein verstorbener Vater auf einer Auktion. In London, wenn ich mich richtig erinnere. Als er irgendwann einmal ins Ausland fuhr, um Gold zu kaufen. Es zeigt einen jungen Mann, der im Nebel hinter den Bergen verschwindet. Einen schönen jungen Mann, der hinter den Bergen verschwindet.

Thórsteina, hier ist ein junger Mathematikstudent von der Universität, der in der nächsten Zeit den Unterricht für Höskuldur übernehmen wird. Du hast doch im letzten Schuljahr Mathematik unterrichtet und kennst dich da aus. Droplaug hat sich heute krankgemeldet, deswegen möchte ich dich darum bitten, ihn etwas einzuweisen, ihm das Unterrichtsmaterial zu zeigen und ihm zu sagen, was zur Prüfung ansteht.

Das Gesicht des jungen Mathematikers war etwas verzerrt, so als hätte er die ganze Nacht über wissenschaftlichen Fragen gebrütet, aber der Gesichtsausdruck war ironisch, die Bewegungen weich. Er schaute mich mit einem kollegialen Lächeln an, was ich mit einer sarkastischen Miene vergalt, denn eigentlich fand ich es angebrachter, ihm die Wahrheit über das ramponierte Seelenleben der Schüler zu eröffnen, als ihm das Unterrichtsmaterial zu zeigen. Normalerweise fühle ich mich nicht dazu verpflichtet, anderen meine Zeit zu schenken, aber weil der Mann so jung und attraktiv war und so vollkommen arglos aussah, als sei er gerade erst vom Himmel gefallen, gab ich ihm eine kurze Lektion, genau wie die erfahrene Lehrerin mir vor zwanzig Jahren. Kein Gramm nachgeben, sagte ich kurz angebunden und runzelte wie zur Bekräftigung meiner Worte die Brauen.

Aber der junge Atli verfügte nicht über die Geduld von Frauen, die in jahrhundertelanger Unterdrückung geknetet und gestählt worden sind.

Er lächelte zu früh.

Nachdem ich ihm erklärt hatte, wie man das Ganze am besten anpackt und wie man Unterrichtsmethoden, Mitarbeit und Benotung aufeinander abstimmt, fügte ich hinzu, wie wichtig es sei, nicht zu früh zu lächeln. Sie sehnen sich nach einem Lächeln, sagte ich, sei deswegen lieber barsch, dann versuchen sie, dir alles recht zu machen.

Er hörte mir gar nicht zu, das war offensichtlich, sondern er spielte mit den Schwarten, die er in der Hand hatte, und fragte mich interessiert, ob man nicht Algebra besser vor Geometrie drannimmt. Ich entriss ihm den Bücherstapel, blickte ihn durchdringend an und erklärte, dass ich im Begriff sei, ihm Grundsätzliches in Bezug auf angewandte Didaktik darzulegen, ob er nicht gehört hätte, was ich über das Lächeln gesagt hätte. Er war sichtlich konsterniert, auch wenn er versuchte, dies nicht zu zeigen, sondern höflich zu lächeln und zu fragen, wann ich dann wolle, dass er lächelte?

Im April, so um Ostern, fauchte ich. Der junge Mann sagte keinen Ton, schaute mich aber an, als sei ich eine alte Hexe aus Grimms Märchen.

Damit war die Lektion in erfolgreichen Lehrmethoden beendet. Ich konnte mich aber nicht zurückhalten und behielt ihn im Auge, denn teilweise hatte ich ja Verantwortung für den Mann übernommen. Ich sah ihm nach, wie er die Tür zum Klassenraum öffnete und in die Gefilde der kleinen Wilden entschwand. Verdammt nochmal, er wird es schon schaffen, mit ihnen fertig zu werden, groß wie er ist, denn es spielt eine wesentliche Rolle, dass Lehrer auf ihre Schüler im wörtlichen Sinn herunterschauen können. Wie gewöhnlich entließ ich meine Schüler zwei Minuten vor dem Klingeln in die Pause und hatte entsprechend Zeit, mich am Ende der Stunde seinem Klassenraum zu nähern. Laute Stimmen und Radau drangen auf den Gang, und mir schwante nichts Gutes. Im selben Augenblick, als es klingelte, wurde die Tür aufgerissen und der Zustand im Klassenraum offenbarte sich. Mein Schützling stand mit breitem Lächeln hinter dem Lehrerpult, und um ihn herum drängten sich lauter kreischende Schüler mit hoch gereckten Armen, die an Groupies auf einem Popkonzert erinnerten. Ich sah zu, dass ich ins Lehrerzimmer kam.

Da er meine Ratschläge in Bezug auf praktikable Unterrichtsmethoden in den Wind schlug, kümmerte ich mich eine ganze Weile nicht um ihn. Hin und wieder hörte ich munkeln, dass seine Stunden lebhaft waren, mit unverhofften und lockeren Happenings der unterschiedlichsten Art, die zweifelsohne den Beteiligten zugesetzt haben, nicht zuletzt dem, der das Ganze unter Kontrolle haben sollte, denn häufig genug kam er leichenblass ins Lehrerzimmer.

Auf der Konferenz einen Monat vor Weihnachten ergab sich so etwas wie ein Blickkontakt zwischen uns, obwohl keiner von uns hinterher hätte erklären können, welcher Art er war. Wir, die Elite, saßen in einer Ecke zusammen, entweder desinteressiert oder ausgebrannt, und da bemerkte ich, dass Atli, der Junge, uns musterte. Blitzschnell stellte ich einen Vergleich zwischen mir und meinen Sitznachbarinnen an und stellte augenblicklich fest, dass ich sie alle überstrahlte, zumal ich wie gewöhnlich so elegant gekleidet war, als sei ich Mitinhaberin einer Rechtsanwaltskanzlei. Mit solchen Gedanken im Hinterkopf räkelte ich mich genüsslich im Sessel und schickt ihm einen provozierenden und gleichzeitig spöttischen Blick hinüber. Er ließ die Blicke an den langen übergeschlagenen Beinen hinaufgleiten, und ich musste mich zusammenreißen, um stillzuhalten, so sehr kribbelte es in mir. Dann schaute er mir bewundernd ins Gesicht.

Als hätte er mich schon seit langem angebetet.

Dieser Blick ließ mich über die Liebe nachdenken. Manche leben ihr ganzes Leben bis zum Ende, ohne die große Liebe zu treffen, wissen aber die ganze Zeit, was Liebe ist. Und oft habe ich mich darüber gewundert, wie Momente, die nur in einem Blick entstehen und Zauber und eitel Wonne verheißen, sich im gleichen Augenblick in zementgraue Wirklichkeit verwandeln können. Nach der Konferenz traf ich ihn draußen auf dem Parkplatz, wo er stand und meinen Jeep bewunderte. Hätte er mich schweigend und in stummer Bewunderung angeschaut wie vorhin, hätte ich aus meinem Wortschatz ein paar Kleinodien hervorgekramt, die dem Augenblick angemessen gewesen wären. Aber da er, als ich hinzukam, damit beschäftigt war, die Reifen zu prüfen, fragte ich ihn, ob ich seiner Meinung nach einen Platten hätte, und damit verschwand der Zauber.

Nein, keinen Platten, antwortete er, bückte sich dann und schaute kurz unter das Auto: Ich habe nur überlegt, ob die Schraubenfedern stramm sind.

Da mir so ganz allgemein gesprochen bis dahin nichts über die Existenz von Spiralfedern unter Autos bekannt gewesen war, besann ich mich einen Augenblick und sagte dann nachdenklich und zögernd, dass die Karre ganz schön schaukelte.

Er lächelte so, als nähme er an unschuldigem Geblödel teil,

wurde dann wieder ernst und fragte: Hat er nicht hinten und vorne Starrachsen?

Ich spitzte die Ohren, denn das Wort hatte ich nie gehört, und starrte eine Weile auf den Asphalt, völlig perplex, dass so ein Wort der Wörtersammlerin par excellence hatte entgehen können.

Er wirkte auf einmal ungeduldig: Oder hat er vielleicht voll schwingende Achsen?

Doch doch, alles voll schwingend, murmelte ich, immer noch wie in Trance wegen der Starrachsen.

Ist das Differential gesperrt?, fragte er nachdenklich und ging am Auto entlang.

Gesperrt?, echote ich und kam dann endlich wieder zur Besinnung. Ja, natürlich ist er abgesperrt, sagte ich mit Nachdruck, du glaubst doch wohl nicht, dass ich ihn hier offen auf dem Parkplatz stehen lasse, mit all diesen kleinen Guerilleros da in der Schule?

Das habe ich nicht gemeint, brummte er resigniert, und ich begriff, dass ich mich in Sachen Jeepkenntnisse nicht besonders hervorgetan hatte, obwohl ich nicht genau wusste, wo sie versagt hatten. Aber um diese schlappe Vorstellung wettzumachen, fragte ich, ob er vielleicht Lust hätte, eine Probefahrt zu machen, denn ich wusste natürlich, wie Männer sich für alles begeistern können, was motorgetrieben ist.

Als wir eine Zeit lang durch das Viertel gefahren waren, er kurzatmig und aufgeregt, fragte ich ihn liebenswürdig, ob er ein Faible für Jeeps habe, und dann musste ich mir einen langen Vortrag über einen Jeep anhören, der ihm lieb gewesen war, den er aber aus finanziellen Gründen hatte verkaufen müssen. In Fortsetzung dessen drehte sich das Gespräch um das Leben des Mathematikstudenten. Trotz allgemeinen Desinteresses an meinen Mitmenschen ließ ich mich dazu herab, den Nöten des jungen Atli zu lauschen. Ich ließ ihn aber auf die Landzunge bei der Hafeneinfahrt hinausfahren, um mir wenigstens von da aus Snæfellsjökull anschauen zu können, solange er drauflosredete. Es ist mir immer ein Genuss gewesen, den Gletscher anzuschauen, er erinnerte mich an die Ferne, und während ich ihn vor Augen habe, fühle ich mich nicht so isoliert von der Umwelt.

Ich hatte vergessen, wie mitteilungsbedürftig junge Leute sein können.

Also, das war nur ein alter japanischer Jeep, den ich hatte, aber ich musste ihn verkaufen, denn meine Freundin fand die Reparaturkosten zu hoch, und ihrer Meinung nach verbrauchte er zu viel Benzin. Sie will das Geld lieber auf die hohe Kante legen, damit wir zum Weiterstudium ins Ausland können. Sie ist es allmählich leid, wie lang sich das Studium hinausgezögert hat, ich habe nämlich erst mit Medizin angefangen, und dann hat sie es auch allmählich satt, wie wir uns immer abrackern müssen, wir haben immer im Souterrain gewohnt, seit wir an der Uni studieren, und das Geld reicht hinten und vorne nicht. Deswegen habe ich auch diesen Winter diese Vertretung übernommen, denn ich arbeite jetzt an meiner Abschlussarbeit, mit der ich allerdings überhaupt nicht vorankomme, weil der Unterricht einfach wahnsinnig viel Arbeit macht. Ich hätte mir nicht träumen lassen, dass diese Kinder so problematisch sind, das ist eine total ausgeflippte Truppe. Gestern kamen zwei Mädchen mit einer Colaflasche in die Stunde, in die sie Wodka gemischt hatten. Die tranken das wie Orangensaft und wurden unverschämt, als ich sie zum Rektor schickte. Und andere sind so teilnahmslos, dass man glauben könnte, sie seien total zugedröhnt. Trotzdem ist es angenehmer, wenn sie so schläfrig sind, als wenn sie die Klappe aufreißen. Ich weiß nicht, was für ein Jahrgang das jetzt in der zehnten Klasse ist, das war nicht so verrückt, als ich in der Schule war. Ich weiß nicht, ob ich Lust habe, nach Weihnachten weiterzumachen, aber jetzt wäre es schön gewesen, den Jeep noch zu haben, um am Wochenende ein bisschen aus der Stadt zu kommen. Man kommt wie neugeboren zurück, besonders wenn man auf einem Gletscher rumgekurvt ist.

Und der Gletscher, der wie ein weißer Vulkan aus dem Meer emporgestiegen war, verschwand langsam in der samtweichen Dunkelheit des Wintertages, während der Mann sich das Herz ausschüttete. Mich gelüstete es nach meinem Nachmittagszigarillo, und da ich meinen Pflichten der Menschheit gegenüber nachgekommen war, indem ich den Leiden des jungen Atli gelauscht hatte, tat ich, als sei die Probefahrt beendet und erbot mich, ihn nach Hause zu fahren, um herauszufinden, wo er wohnte. Er wohnte nicht weit von mir im Souterrain eines imponierenden Zweifamilienhauses, das seinem zukünftigen Schwiegervater gehörte. Er war schon ausgestiegen, als er mich mit dynamisch blitzenden Augen lässig fragte, ob ich mich nicht von früher an ihn erinnern könnte.

Ich fiel aus allen Wolken.

Du hast mich in der achten Klasse in Mathematik unterrichtet, und Englisch in der Zehnten, erinnerst du dich nicht?

In welcher Klasse warst du, wie alt bist du?, fragte ich mit allen Anzeichen der Verkalkung und versuchte, mich an sein Gesicht unter vielen hundert Gesichtern zu erinnern, die mich in Klassenräumen angestarrt haben.

Ich war in einer Klasse mit Dúna, der Klasse, die auf dem Schulfest das Musical aufgeführt hat, erinnerst du dich. Ich habe mich da allerdings nicht besonders hervorgetan. Ich bin achtundzwanzig, nein, nein, du kannst dich nicht an mich erinnern, das merke ich.

Nein, ich konnte mich nicht an ihn erinnern, wie soll man sich auch an all die Gören erinnern, die man unterrichtet hat. Ich schüttelte nur den Kopf und wartete gespannt darauf, dass er meinen hervorragenden Unterricht lobte. Aber der unverschämte Bengel tat nichts dergleichen, winkte mir bloß zu und verschwand in seiner Kellerwohnung. In der Stadt sind alle Keller voll mit jungen Leuten.

Ich muss jetzt ins Arbeitszimmer und einen halben Zigarillo rauchen, vielleicht kann der Rauch den Tanz der Zellen in meinem Kopf etwas drosseln. So lange habe ich nicht wach gelegen, seit ich mit Hallgrímur und seinen Problemen zusammenlebte. Ist diese Schlaflosigkeit vorübergehend oder nur der Anfang von dauerhafter Schlaflosigkeit? Permanente Unterrichtsbelastung wäre vielleicht die nächstliegende Erklärung, aber dabei ist zu bedenken, dass die Betreffende ein gesundes Leben führt, zweimal in der Woche schwimmen geht und maßvoll isst und trinkt, nachmittags einen Zigarillo raucht und zwei Glas Rotwein pro Woche zu sich nimmt. Oder kann ein vollkommen geregeltes Leben möglicherweise geistige und körperliche Störungen verursachen?

Seltsam, wie dunkel die Nächte immer noch sind, will der Frühling denn überhaupt nicht kommen? Nur Helligkeit von Außenlichtern und Straßenlaternen, alle Fenster verdunkelt, die Straße schlafend, keiner wach außer mir.

– Sind noch andere wach, Thórsteina?

– Nein, mir scheint, die ganze Straße schläft.

– Sind noch andere wach im Haus?

– Ja, vielleicht die Goldfische von Stígur, die könnten vielleicht wach sein, weil der Besitzer nicht zu Hause ist.

– Aber im Keller, wacht da nicht jemand?

– Ich habe keine Ahnung, schließlich habe ich im Keller nichts verloren, aber falls da im Keller etwas herumgeistert, dann sind es bestimmt Ratten, die sich eingeschlichen haben.

Hätte ich gestern Morgen gewusst, dass ich heute eine schlaflose Nacht haben würde, hätte ich selbstverständlich die entsprechenden Maßnahmen ergriffen und mir bei den Schülern ein paar Tranquilizer ausgeborgt. Atli behauptete, dass viele von ihnen prima Reserven und mehrere Sorten zur Auswahl hätten und außerdem Sachen, die noch potenter seien. Komisch, dass mir so etwas entgangen sein sollte.

Er sagte mir das vor Weihnachten, als ich gezwungen war, ihm dabei zu helfen, einige Mathematikaufgaben vor der Prüfung zu Papier zu bringen. Droplaug war wieder einmal krank. Ich setzte mich mit ihm in das menschenleere Lehrerzimmer und versuchte, abweisend zu wirken, ich war ja schließlich seine alte Lehrerin, und deswegen war es meinerseits eine besondere Gunst, meine Kräfte darauf zu verschwenden, um mit ihm eine Prüfung zusammenzustellen. In Wirklichkeit genoss ich es aber, ihm gegenüberzusitzen. Ich konnte seine Kleidung ganz genau in Augenschein nehmen und daraus Schlüsse auf die Persönlichkeit ziehen. Der graue Pullover ließ erkennen, dass der Betreffende konservativ war und nach gesellschaftlicher Anerkennung heischte, aber das schwarze Hemd darunter deutete unzweifelhaft auf geheime Wünsche in Bezug auf coole Männlichkeit hin. Das Bündchen am Pullover war ein klein wenig abgewetzt und ließ auf begrenzte finanzielle Mittel schließen, aber die frische Farbe des Hemds gab zu erkennen, dass es ziemlich neu war. Daraus ließ sich ableiten, dass der Besitzer in seiner Kleiderwahl ökonomisch vorging und Sachen kaufte, die zu etwas passten, was er schon besaß. Der Tisch zwischen uns erlaubte es nicht, seine Hose einer genaueren Betrachtung zu unterziehen, stattdessen schenkte ich seinen Nägeln und Haaren bedeutend mehr Aufmerksamkeit. Beides war überaus gepflegt, woraus hervorging, dass der Mann sich nicht vernachlässigte und sehr darauf aus war, einen guten Eindruck zu machen. Ich gab ihm eine Eins.

Mathematik stand nicht mehr auf meinem Stundenplan, und deswegen überließ ich ihm nicht nur den weiteren Verlauf der Dinge, sondern auch die Initiative in der Zusammenstellung der Prüfungsaufgaben. Er spürte mein Desinteresse und versuchte wahrscheinlich deswegen, sein leichtes Geplauder auf meine Person zu konzentrieren.

Die Schüler sagen, du bist steinreich, oder megareich, wie sie es ausdrücken, sagte er und grinste nett.

Ich setzte meine offizielle Miene auf, und als ich mich von seiner Dreistigkeit, auf mein Privatleben überzuschwenken, erholt hatte, fragte ich brüsk, wann sie das gesagt hätten und in welchem Zusammenhang.

Daran kann ich mich nicht mehr erinnern, sagte er dümmlich, aber sie erklärten, dass du auf der ganzen Laugavegur Häuser besitzt, im teuersten Jeep der Stadt herumfährst und deine Kleidung in Paris kaufst, und dein Geld bewahrst du angeblich in einem gut gesicherten Geldschrank im Keller auf.

Mir wurde bei dieser ganz schön übertriebenen Beschreibung meiner Verhältnisse warm ums Herz, aber ich vermochte mein Wohlgefallen zu verbergen.

Das mit dem Tresor hatte ich der Chaotenklasse vorgeflunkert, als ich ihnen im vorigen Jahr Prozentrechnung beibrachte.

Ich hatte keine Lust, dem Vertretungslehrer von dieser Stunde zu erzählen, aber ich rekapituliere sie gern zum Vergnügen für mich selbst. Es ist auch keineswegs auszuschließen, dass diese Unterrichtsstunde Folgen zeitigte.

Prozentrechnung im letzten Frühjahr, und um sie auch noch den Begriffsstutzigsten einzubläuen und ihnen die Frühjahrsmüdigkeit auszutreiben, wählte ich als Beispiel Bankzinsen. Ich erklärte, es lohne sich nicht, sein Geld auf einem Sparbuch bei isländischen Banken anzulegen, die Zinsen seien schändlich niedrig. Zum Beweis dessen brachte ich einige Beispiele, denn darin habe ich seit langer Zeit Erfahrung.

Und wo bewahrst du dann dein Geld auf?, piepste das treuherzigste Mädchen in der Klasse, und die hochpubertären Macker und Tussis machten nicht einmal einen Versuch, sie abzublocken oder dumme Sprüche zu klopfen, was ansonsten an der Tagesordnung war, sondern sie warteten nicht weniger gespannt auf die Antwort.

Ich drehte eine Weile den Diamantring an meinem Finger, während ich sie warten ließ, denn ich spürte, dass jetzt einer der Augenblicke nahte, die mir eine Wonne sind, sagte dann im gleichen Augenblick, als ich mich zur Tafel wandte: Tja, ich habe keine Ahnung, wie andere betuchte Leute hierzulande ihr Geld anlegen, aber was mich betrifft, so bewahre ich seit jeher mein Geld in einem verschlossenen Safe im Keller auf.

Für einen Moment hielt die Klasse den Atem an.

So wie in Kinofilmen?, sagte dann endlich ein kleiner Vamp mit Kaugummi im Mund.

Ich wischte die Tafel ab, hielt die Kreide eine Weile hoch wie eine brennende Fackel und konzentrierte mich auf das Lehrbuch, als würde ich passende Aufgaben auswählen und anderes mich nichts angehen.

Dann kamen Attacken aus allen Richtungen: Wie groß ist der Safe? Größer als ein Eisschrank? Kann man den hochheben? Haste die ganze Kohle in Scheinen? Haste keine Angst, dass dir jemand was klaut? Was willste machen, wenn er voll ist? Was kaufste dir dafür?

Ich blickte geistesabwesend vom Buch hoch und tat, als habe ich nur einen Klang in diesem vielstimmigen Gesang gehört.

Voll? Ich leere ihn jedes Frühjahr und nehme das Geld mit, wenn ich in den Sommerferien nach Frankreich fahre. Von dort fahre ich in die Schweiz und deponiere es dort in einer Bank.

Die Klasse öffnete den Mund und behielt diese Stellung eine Weile bei, aber dann meldete sich das Klassengroßmaul zu Wort, ohne jedoch die Kiefer zu viel zu bewegen: Hä, hör ma, im Ausland gildet isländische Kohle nich.

Seine Fans nickten eifrig mit dem Kopf und blickten triumphierend auf die Lehrerin.

Ich unterbrach den Tafelanschrieb einen Augenblick und sagte dann kalt, ohne sie eines Blickes zu würdigen: Ich nehme mein Geld in ausländischer Währung mit.

Ich hatte nicht vor, weitere Auskünfte über die Anlage meines Privatvermögens zu geben, aber meine fixe Idee, die Jugend von heute zu belehren, gab den Ausschlag dafür, dass ich eine kleine Ritze zu den Toren der Finanzwelt von uns Großmagnaten öffnete und hinzufügte: In den meisten Fällen folge ich den Ratschlägen anderer Finanzgenies und kaufe von meiner Bank in der Schweiz die Währung, die zu allen Zeiten stabil ist, und damit meine ich Goldbarren. Falls ihr wisst, was das ist.

Die Kinotruppe wusste, was das war.

Den Rest der Stunde wurde schweigend und demütig gerechnet.

Ich erwähnte diese schöne Unterrichtsstunde mit keinem Wort gegenüber dem Vertretungslehrer, sondern sagte nur: Steinreich? Ich besitze ein bisschen Geld, deswegen kann ich es mir leisten zu unterrichten.

Seine Atemzüge und seine Blicke gaben mir zu verstehen, dass seine Achtung vor weltlichem Besitz nicht geringer war als die der Kinotruppe.

Aber du bist eine sehr strenge Lehrerin, stöhnte er dann, als ob das irgendwas mit den Moneten zu tun hätte, ich habe den Eindruck, die Kinder haben eine Scheißangst vor dir.

War ich streng zu dir?, fragte ich ungläubig. Bei mir war der Verdacht aufgekommen, dass ich ihn vielleicht etwas zu hart rangenommen hatte, obwohl ich andererseits meine Zweifel daran hegte.

Du warst sehr gerecht zu mir, warst nicht strenger zu mir als zu den anderen, du warst allen gegenüber sehr streng, aber ich hatte überhaupt nichts dagegen.

Ich sah, dass er noch mehr sagen wollte, mir eine Geschichte erzählen wollte, und da ich befürchtete, er würde wieder so redselig werden wie neulich im Auto, kam ich ihm zuvor und ging zu allgemeiner Methodik und Didaktik über: Es braucht zwei Jahre, um sich eine Position als strenger Lehrer zu erobern und sich einen Ruf als Schreckschraube zu verschaffen. Danach hat man leichtes Spiel, das Renommee verbreitet sich.

Ich sah, dass er immer noch mit dem Gedanken spielte, das Herz auszuschütten, aber dann machte er es sich bequem und gab meinen letzten Worten Kontra: Aber sollte man sich nicht davor hüten, Disziplin mit Angst aufrechtzuerhalten, machen nicht alle Sklaven zum Schluss einen Aufstand?

Wenn es soweit ist, habe ich sie schon entlassen, sagte ich kühl, da ich keine Lust hatte, weiter darüber zu reden. Ich sah vor mir, dass er dieselbe Einstellung in Bezug auf Disziplin hatte wie die ganze Nation, die glaubt, dass Disziplin etwas mit Schikanieren und Unterdrücken zu tun hat.

Disziplin dreht sich um Achtung. Vor sich selbst und vor anderen. Disziplin ist auch eine Strategie. Eine Methode, den Gegner zu überrumpeln. Ich konnte da auf ausgezeichnete Beispiele zurückgreifen, aber weil der Mann früher im Herbst nicht auf meine Ratschläge bezüglich erfolgreicher Lehrmethoden gehört hatte, unterließ ich es, ihm gratis Ideen unterzujubeln.

Dagegen ist es mir persönlich ein Genuss, alte gelungene Unterrichtsstunden zu rekapitulieren.

Die faule Bande, völlig groggy nach Herumhängen vor dem Computer, Videoglotzen, Zuckerkonsum und anderen ruinösen Betätigungen des Wochenendes, arbeitet montagsmorgens an einer schwierigen Hörverständnisübung und wirft der Englischlehrerin hasserfüllte Blicke zu, die es genießt, sie zu piesacken. Plötzlich sage ich eiskalt und abrupt: Wie viele von euch haben den Film Shadow's Land gesehen? Die Bande blickt hoch und spitzt die Ohren. Einige etwas Reifere versuchen kraftlos, die Hand zu heben. Nanu, bloß fünf? Na schön. Diese fünf werden jetzt mit mir um die Wette kopfrechnen. Wenn sie gewinnen, dürft ihr zehn Minuten früher aus der Stunde, wenn sie verlieren, kriegt ihr eine gemein schwere Zusatzaufgabe verpasst. Der Klassenbeste in Mathematik kommt hierher zum Pult mit Papier und Stift und notiert sich diverse Zahlen, die wir dann im Kopf ausrechnen müssen. Die fünf Teilnehmer stellen sich hier bei der Tafel auf, und falls jemand in der Klasse auch nur einen Mucks von sich gibt, bekomme ich selbstverständlich einen Extrapunkt. Hormone zappeln in halb erwachsenen Körpern, und das Spiel beginnt. Wenn sie mich unterkriegen, kommt es zu Begeisterungsausbrüchen wie bei einem Fußballendspiel. Danach wird die Aufgabe mit brennendem Eifer gelöst, bis die versprochenen zehn Minuten fällig sind. Niemand kommt auf die Idee zu fragen, was der Film damit zu tun hat oder warum wir in der Englischstunde um die Wette kopfrechnen. Die Schüler haben Spaß an solchen Wettspielen, sie können so blöd sein wie sie wollen, und sie gehorchen denen, die bei ihnen beliebt sind.

Disziplin ist Strategie.

Der junge Atli hatte das nicht begriffen.

Ich finde, dass sich so vieles verändert hat in den zwölf Jahren, seit ich in der zehnten Klasse war, fuhr er fort und blickte nicht von den Aufgaben hoch. Ich finde, die Kinder benehmen sich heutzutage ganz anders, sie interessieren sich kaum noch für was und sie sind viel unverschämter, oder was meinst du dazu?

Die Chips-Generation war nicht so interessenlos wie die Tattoo-Generation, gab ich nachdenklich zu und verstand nicht, warum ich mich nicht von früher, als ich ihn unterrichtete, an sein Gesicht erinnern konnte. Ihr wart zwar auch disziplinlos, denn ihr wart ja schließlich das Produkt einer aufmüpfigen Generation, aber ihr habt euch doch immerhin noch auf oder über etwas freuen können, und auf jeden Fall habt ihr euch für Zensuren interessiert.

Die hier haben nicht das geringste Interesse an Noten, murmelte er. Nicht die in der Zehnten, in der H-Klasse, wo ich unterrichte. Die Chaotenclique in dieser Klasse gefällt mir nicht. Eine fürchterliche Clique, die die anderen Schüler schikaniert und fertig macht. Das ist euch doch bestimmt nicht entgangen. Und meiner Meinung nach sind die Mädchen keinen Deut besser als die Jungen, und zwei sind besonders aggressiv, Viola und

Iris. Die sind so aufgeputscht, dass man meinen könnte, sie wären auf Speed. Und ich habe den Verdacht, dass die Jungs in der mittleren Reihe hinten manchmal zugedröhnt sind. Warum habt ihr diese Kinder nie zum Psychologen geschickt?

Ich hatte den Eindruck, ich gehörte zu diesen ›ihr‹, über die er redete, und das ging mir auf die Nerven. Die besagten Problemfälle hatten sich bislang bei mir zurückgehalten, denn ich hatte ja schließlich auch nicht meine Lehrerlaufbahn mit einem strahlenden Lächeln begonnen wie gewisse andere.

Das bringt doch nichts, wenn man sie zum Psychologen schickt, sagte ich, und mit welcher Begründung sollen sie überhaupt dahingeschickt werden? Weil der Vertretungslehrer einen Verdacht auf Drogenmissbrauch hat? Ich habe nichts von irgendwelchen Drogen gemerkt, von denen du redest, auch wenn der Zigarettengestank mich wahnsinnig macht. Es ist allerdings auch nicht das erste Mal, dass ich schwierige Jugendliche unterrichte.

Die hier sind anders, sagte er rasch.

Hast du mit ›anders‹ etwas Bestimmtes im Auge?, fragte ich irritiert.

Nach kurzem Nachdenken und innerem Kampf legte er schließlich den Kugelschreiber weg.

Ihr Sexualverhalten ist gestört. Diese kleinen Biester machen sich an mich ran.

Ich grinste.

Sie leben ihren Sex äußerst freizügig aus. Gestern überraschte ich zwei Schüler aus dieser Klasse, wie sie sich in einer Ecke zu paaren versuchten, vor den Augen der anderen.

Das Grinsen verschwand.

Ihre Namen?, sagte ich scharf.

Ich hätte sie mir schon selbst sagen können, ich hatte eine

ähnliche Klage vom Biologielehrer gehört, aber beim gegenwärtigen Stand der Dinge hatte ich nicht vor, das Geschlechtsleben dieser Teenies zu diskutieren, zum einen weil ich das Thema abstoßend fand, und zum anderen hatte ich kein Interesse daran, den unerquicklichen Sex von Schülern den Problemen hinzuzufügen, die ganz generell mit ihrer Existenz verbunden waren.

Machen wir weiter mit den Aufgaben, knurrte ich.

Da zeigte es sich zu meiner Verwunderung, dass er während unseres Gesprächs die verflixten Aufgaben erledigt hatte. In dem Moment wusste ich, dass mir ein sensibles Mathematikgenie gegenübersaß.

Warum geistere ich in nächtlicher Finsternis durch die Zimmer wie jemand, der einen Mord auf dem Gewissen hat? Was hat mich geweckt? Läge es nicht näher, sich schlafen zu legen wie andere normale Menschen in dieser Stadt, oder sollte ich, wo ich nun schon einmal glockenwach bin, die Zeit nutzen und die Möbel polieren?

Die Tischplatte auf dem alten Tisch aus der Champagne hat nicht so geglänzt, als ich sie kaufte, und Louis erklärte, sie hätte auch nicht zu glänzen, aber ich war da anderer Ansicht, und mit regelmäßiger Behandlung, viel Möbelpolitur und unablässigem Wienern gelang es mir, ihr einen harten Glanz zu verleihen. Hochglanzpolierte Möbel sind nach meinem Geschmack. Sie wirken elegant und gepflegt und sind infolgedessen in voller Übereinstimmung mit meinem Seelenleben. Ob es viele Frauen in der Stadt gibt, die nachts ihre Möbel polieren?

Sie haben mich immer um diesen Tisch beneidet, die Mädels, obwohl sie es nie zugeben würden. Sie verleibten sich gerade meine provenzalische Fischsuppe ein, als die Rede auf die Unbilden des jungen Vertretungslehrers kam.

Er sagt, dass manche Schüler halbe und ganze Tage vollgedröhnt sind und dass sie sich scharenweise in allen möglichen Ecken paaren, sagte ich in einem Ton, als spräche ich über das Wetter.

Die Reaktionen waren wie gewöhnlich eindeutig. Arndís bat mich, diese garstigen Geschöpfe freundlicherweise nicht zu erwähnen, während sie das Essen genoss, und der Weißwein war auf einmal für Droplaugs Ansprüche nicht mehr stark genug. Nur Steinvör hielt eine Weile den Löffel in der Luft, und aus ihrer nachdenklichen Miene zu schließen, würde sie innerhalb kürzester Zeit das Verhör beginnen.

Was ist da eigentlich zwischen dir und diesem jungen Spund?, raunzte sie.

Ich verschluckte mich, aber weil ich an anzügliche Bemerkungen aus diesem Kreis gewöhnt bin, hatte ich mich ganz schnell wieder gefangen und erklärte, dass ich meines Wissens über Drogenkonsum von Jugendlichen gesprochen hätte.

Ist er nicht siebzehn Jahre jünger als du, Mensch?, fragte Arndís, die vor einiger Zeit sich einen Jüngeren zugelegt hatte, was sie aber gern vergisst, wenn es darauf ankommt.

Reicht es dir nicht, einen französischen Liebhaber zu haben? Sie quiekten alle und kamen in Fahrt, denn bei solchen zweideutigen Unterhaltungen amüsieren sie sich königlich. Ich drehte den Spieß um und sagte, sie sollten nicht immer so neidisch sein, es sei doch nicht meine Schuld, wenn junge Männer sie mit ihren Launen und unförmigen Busen nicht attraktiv fänden.

Ich hätte ihnen keine größere Freude machen können.

Das friedliche Esszimmer verwandelte sich in eine lärmende

Vogelkolonie. Sie weigerten sich, weiterhin diese französische Weißweinplempe zu trinken und verlangten Cognac, um erotische Bedürfnisse anzuheizen.

Arndís kam in Stimmung und erklärte, mich in Sachen jüngere Männer schlagen zu wollen, mindestens zwanzig Jahre, und mit leuchtenden Augen schlug Steinvör noch eine Reise nach Paris vor.

Sie hatten kein Mitleid mit dem jungen Mann, er sei ein langweiliger eingebildeter Fatzke wie alle jungen Männer, es geschähe ihm nur recht, wenn er diesen unverfrorenen Kids in die Klauen geriete, sie hätten das ja schließlich auch alle mal durchmachen müssen, und außerdem sei es zu überlegen, ob man ihm nicht verbieten sollte, in den Pausen an unserem Tisch zu sitzen. Die Drogenprobleme der Schüler zu diskutieren hätten sie keine Lust, die Gehälter seien viel zu niedrig, um sich wegen dieses Problems zusätzliche Sorgen zu all den anderen zu machen. Ob ich nicht bitteschön das Hauptgericht servieren könnte.

Mehr Glanz kann ich aus dem Tisch nicht herausholen. Das muss reichen. Maßnahmen wie diese erleichtern den Wochenendputz. Ich sollte mir vielleicht das Silber vornehmen, wo ich schon einmal mit Polieren angefangen habe.

Einen eingebildeten Fatzken nannten sie den armen Jungen. Aber nachdem sie sich auf dem Parkett mit ihm die Sohlen durchgetanzt hatten, änderten sie ihre Meinung.

Vor den Weihnachstferien waren alle schlechter Laune, denn in dieser Zeit zeigt sich mehr als deutlich, wie lausig die Lehrergehälter sind. Besonders Droplaug und Steinvör waren niedergeschlagen, denn obwohl es zweifellos erhebend ist, mit einem

Hochschullehrer verheiratet zu sein wie Steinvör, auch wenn er die Angewohnheit hatte, sie nach dem zehnten Glas vor die Tür zu setzen, oder wie Droplaug mit einem Künstler, der zweimal in Mode gekommen war, so folgten doch dieser Ehre kaum finanzielle Vorteile. Und Arndís, die den Bankdirektor in spe in der Hinterhand hatte und sich deswegen Weihnachten leisten konnte, ohne das eigene Gehalt anzurühren, fand das eine Zumutung für den Lehrerstand und zeigte Solidarität, indem sie mit verächtlicher Miene durch die Schule stolzierte. Deswegen überraschte es mich, als die Damenriege in irgendeiner Pause urplötzlich beschloss, nicht mehr an die Ausgaben zu denken und zum Weihnachtsglühwein des Lehrerverbands zu erscheinen.

Diese Zusammenkunft fand im Haus einer Lehrerin statt, die uns des öfteren klargemacht hatte, dass sie eigentlich wegen hoher Bezüge des Ehemanns nicht zu unterrichten bräuchte. Aber trotz wiederholter Verlautbarungen dieser Art hatte sie dem isländischen Schulsystem immer noch nicht den Gefallen getan, von der Bildfläche zu verschwinden und Platz zu machen für Idealisten, die sich immer noch hie und da finden. Auf der anderen Seite hat sie oft ihren Kolleginnen und Kollegen die Gunst erwiesen, ihre repräsentative Villa für sie zu öffnen, wenn es sie danach verlangte, sich die Kehle mit etwas anderem als Kaffee und Wasser anzufeuchten. Hinter dieser Gefälligkeit verbirgt sich allerdings das Bedürfnis, die Inneneinrichtung und anderen Tand herzuzeigen, den Neureiche gern um sich anhäufen.

Ich ließ mich nur aus dem Grund dazu herab, zu der Weihnachtseinladung zu gehen, weil ich die Ausgehgarderobe meiner Kollegen unter die Lupe nehmen wollte, denn lauwarme Rotweinplörre mit Zimt und Mandeln ist nicht mein Fall, obwohl ich sie hinunterzwinge, um nicht arrogant zu wirken. Aber mir geht es hervorragend, wenn ich bestens zurechtgemacht und parfümiert in einer Sofaecke sitze, von wo aus ich die Szenerie überblicke und meine Beobachtungen anstellen kann, ohne dass es auffällt. Man muss es dem Lehrerstand lassen, die Herrschaften verstehen es, sich fein zu machen, wenn sie aus der Clogsatmosphäre der Schule herauskommen. Dann fliegen Jeans und weite Pullover in die Ecke, teilnahmslose Augen und bleiche Wangen bekommen Farbe und glänzen. Der Kleidungsstil meiner Freundinnen war schon immer eher klassisch, sowohl tagsüber als auch abends, das muss ich zugeben, und deswegen habe ich wohl auch den Kontakt zu ihnen gesucht, als ich an der Schule zu unterrichten begann.

Wir saßen zu viert zusammen in einer der vielen Sofagarnituren dieses Hauses und mokierten uns über andere Leute, wie wir das immer zu Anfang eines Beisammenseins machen, um den alltäglichen Kleinkram hinter uns zu lassen.

Droplaug: Neulich habe ich unsere Schulkameradin gesehen, die, die mit uns auf dem Seminar war, ihr wisst schon, und die sah irgendwie so ungepflegt aus, ob sie wohl angefangen hat zu trinken?

Arndís: Nein, meine Liebe, sie trinkt nicht, aber ihr Kerl hat so gesoffen, habt ihr das nicht gewusst? Hat die Firma in den Bankrott gebracht und ist dann monatelang mit einer kleinen Mieze fremdgegangen, sodass er eines schönes Tages von der Ehefrau vor die Tür gesetzt wurde. Sein Koffer wartete draußen auf der Straße auf ihn, als er abends nach Hause kam.

Steinvör: Warum kriegst du immer so etwas mit und wir nicht?

Thórsteina: Wohnt sie nicht am Hjardarhagur?

Droplaug: Ich hol euch mehr Glühwein. Habt ihr denn

schon gehört, dass unsere Freundin, die, die neulich die Ausstellung eröffnet hat, ihr wisst schon, ins Krankenhaus eingeliefert wurde, grün und blau geschlagen von ihrem Kerl?

Arndís: Nein, meine Liebe, die ist doch schon lange von dem Kerl geschieden, das war der Typ, mit dem ihre Tochter zusammen war, der sie verbläut hat. Er kam eines Nachts an und hat alles kurz und klein geschlagen, weil das Mädchen mit einem anderen abgehauen war. Unsere Freundin hat diese Blessuren von ihm.

Steinvör: Wie in aller Welt kriegst du das alles mit?

Thórsteina: Wohnt sie nicht auf der Bergstadastraeti?

Droplaug: Ich hol euch mehr Glühwein.

Nach einigen Runden ging es uns blendend, und wir mischten uns unter die anderen Leute. Als der Abend schon fortgeschritten war, verabschiedeten sich die Lehrer, die früh zu Bett gehen, und zurück blieben die Partylöwen des Lehrerzimmers, die jetzt im Begriff waren, den Glauben an die Menschheit zurückzugewinnen, denn der Hausherr hatte die Hausbar geöffnet. Die Weiblichkeit war in der Mehrzahl, wie immer, wenn die Lehrerschaft einen auf den Putz haut, und deswegen badeten sich die Herren der Schöpfung im Rampenlicht und stolzierten männlich mit einem Glas Whisky in der Hand durch die Hallen.

Ich unterhielt mich gerade überaus lebhaft mit einem Kollegen am Kamin, als sich der junge Vertretungslehrer zu meinen Füßen setzte und mich anstarrte, die Lehrmeisterin. Ich ließ ihn warten, sowohl weil er jung war und sich deswegen nicht vorzudrängen hatte, als auch weil ich Zeit brauchte, um seinen Blick zu interpretieren, den ich ziemlich schmachtend fand, wenn man unseren Altersunterschied bedenkt. Seine Bewunderung hätte mir aber nicht überraschend kommen müssen, da ich mir durchaus meiner Attraktivität bewusst bin. Als der Kollege abzog, blickte ich fragend auf den jungen Mann und ging davon aus, dass er irgendein Anliegen vorbringen würde. Ihm lag aber nichts Besonderes am Herzen, sondern er strich mit einem Finger über mein Kleid und damit über meinen Oberschenkel.

Hast du das in Paris gekauft?

Allerdings, das habe ich.

Es ist sehr sexy.

Es ist weder ausgeschnitten noch kurz.

Deutet aber Verschiedenes an.

Sag mal, in welcher Klasse warst du, habe ich Mathematik oder Englisch bei euch unterrichtet?

Die Linien sind weich, die es verhüllt.

Warst du in einer Klasse mit Dúna?

Ich habe dich neulich im Schwimmbad gesehen.

Das war wirklich eine schwierige Klasse.

Hast du mich nicht gesehen?

Nein, aber ich sehe, dass du deine Finger nicht unter Kontrolle hast.

Das Kleid macht einen unruhig.

Dieses banale Geschwätz über Kleider ödete mich an, und ich begann, mich nach einem älteren und reiferen Gesprächspartner umzusehen, aber dann ging etwas in mir vor. Ein Zustand, der nur mit chemischen Ursachen erklärt werden kann. Da ich in dem Fach aber wenig bewandert bin, verzichte ich auf Erklärungen.

Ich blieb also sitzen und blickte tief in verliebte Augen, während ich im Geist die Lage abschätzte. Aber als ich gedachte, den Moment zu genießen und die langen Beine zu überkreuzen, damit die weichen Linien voll zur Geltung kamen, hatten einige der Anwesenden das Stadium erreicht, dass sie unbedingt gelenkige Beinarbeit unter Beweis stellen mussten. Mein Bewunderer, der dafür alle Voraussetzungen mitbrachte, wurde von seinem Sitz hochgerissen und in den Tanz hineingezogen.

Ich bekam deswegen keine Gelegenheit, mit ihm zu flirten.

Aber nach der Szene am Kamin, die an und für sich keine Szene war, sondern ausschließlich ein phantasievoller Höhenflug meinerseits, begann eine der besten Darbietungen, deren ich Zeuge geworden bin, und die ich in meiner Autobiografie zweifellos mit einem gelungenen Theaterbesuch vergleichen würde.

Meine Freundinnen traten auf den Plan.

Wenn Frauen regelmäßig verprügelt und von stockbetrunkenen Männern aus dem Haus geworfen werden, werden sie unruhig, wenn es auf einer Party hoch hergeht, und sie versuchen dann, die Daseinsfreude anderer zu schmälern, indem sie selber nur Sprudel trinken, manierlich dasitzen und denen, die kichern oder laut lachen, moralinsaure Blicke zuwerfen. Aber nichts deutete an diesem Abend bei Steinvör auf ein solches Verhaltensmuster hin. Entweder hat die Frau im Voraus beschlossen, sich keinen Zwang anzutun, oder die Alkoholmischung hat einen abrupten psychischen Stoffwechsel bewirkt; sie trällerte und hüpfte durch das Haus wie ein unbekümmerter Teenager. Ihre Munterkeit wirkte wie eine Vitaminspritze auf Arndís und Droplaug, die allerdings nie viel Ermunterung brauchen, wenn es darauf ankommt. Ich aber hielt mich abseits, solange ich nicht wusste, wie sich die Dinge entwickeln würden.

Dann fingen sie an zu tanzen.

Zunächst wurden jedes Mal Hüften geschwungen, wenn sie über die Tanzfläche gingen, und dann ließen sie sich auf besagter Fläche immer öfter blicken, blieben dort jedes Mal etwas länger und machten einige Tanzschritte mit demjenigen, der ihnen am nächsten war. Wärme und die Lautstärke der Musik erhöhten sich proportional, und als alte Rock-'n'-Roll-Takte erklangen, ging ein rhythmisches Zucken durch die Tänzerinnen. Dem jungen Atli kam eine Schlüsselrolle auf dem Parkett zu, schweißnass strahlte er, umringt von der Frauenhorde, und es war ein Kinderspiel für ihn, mehrere gleichzeitig herumzuwirbeln. Meine Freundinnen griffen hektisch nach der ausgestreckten Hand des Fatzken, wie sie ihn zuvor genannt, aber zu diesem Zeitpunkt selbstverständlich vergessen hatten, und sie ließen sich rasant herumschwenken. Kostümjacken flogen durch die Gegend, und Brillen landeten auf umstehenden Tischen. Mit diesen Schleuderübungen wurde der Platz, den andere auf der Tanzfläche zur Verfügung hatten, geringer. Dabei wurden die weniger Ausdauernden abgedrängt, aber die Auserwählten behaupteten sich. Das Rockfestival hatte begonnen.

Ich kann mich nicht erinnern, jemals einen Mann mit drei Frauen auf einmal tanzen gesehen zu haben, und anderen Anwesenden mag es ähnlich ergangen sein, denn wir starrten in sprachloser Verwunderung auf die Tänzer, als handele es sich um eine Galavorstellung im Theater. Meine Verwunderung bezog sich nicht nur auf die Gelenkigkeit des Ensembles, sondern auch auf die überschäumende Lebenslust, die in den drei Frauen steckte.

Drei junge Mädchen in wildem Swing.

Der junge Mann schöpfte aus dem sprudelnden Born der Jugend, und sie tanzten kreischend unter diesem Strahl.

Selten habe ich mich so amüsiert.

Die Sache hatte aber einen Haken. Dem jungen Mann war der Fauxpas unterlaufen, mich nicht zum Tanz hinzuzubitten. Ich sah es ihm an, dass er mich in der Gruppe der Zuschauer halten wollte, um später meine Bewunderung und mein Lob einzuheimsen. Seit langem kenne ich diese grenzenlose Selbstsucht und Eitelkeit junger Männer, und deswegen grinste ich, wenn er zu mir herüberschaute.

Es war an mir, den nächsten Zug zu tun. Ich besorgte mir zwei Whisky und Zigarillos und gab dem Hausherrn zu verstehen, dass er bessere Musik auflegen solle. Dann näherte ich mich dem Tanzensemble. Als die Rockshow vorüber war und sanftere Töne erklangen, reichte ich dem jungen Atli ein Whiskyglas und einen Zigarillo, lobte meine schnaufenden und lachenden Freundinnen für die Vorstellung, erklärte dann, dass Atli und ich uns jetzt ein bisschen über unsere Jeeps unterhalten müssten und fragte, ob sie nicht mal wohin müssten, um sich nach diesem Gehopse unter den Armen etwas frisch zu machen. Dann führte ich den Charmeur in eine Ecke, drückte ihn in einen Sessel, gab ihm Feuer und setzte mich dann ihm gegenüber in Position.

Du solltest die Weiblichkeit nicht so mit dir umspringen lassen, Jungchen, sagte ich und inhalierte das Gift.

Sein Körper ging auf und nieder nach diesem Kraftakt, er strich sich das feuchte Haar aus der Stirn, schaute mich mit offenem Mund an und wartete auf die Fortsetzung.

Prost, sagte ich, was war das noch für ein Jeep, den du da hattest?

Er wartete immer noch auf das Lob für die Performance und hatte womöglich deswegen Schwierigkeiten damit, sachliche Fragen zu beantworten.

Hatte deiner keine Starrachsen?

Er nickte erst mit dem Kopf, dann schüttelte er ihn, immer noch verständnislos dreinblickend.

Da sind so diverse Sachen unter diesen Vehikeln, nicht wahr?, sagte ich und veränderte die Beinstellung. Willst du nicht mit zu mir nach Hause kommen und meinen begutachten?

Er nahm einen Schluck aus dem Glas, verschluckte sich, erinnerte sich dann an seinen Zigarillo und bekam einen Hustenanfall.

Na, na, mein Lieber, sagte ich und klopfte ihm auf den Rücken. Du bist zu jung für so starke Sachen, ich werde dir mal ein Glas Milch holen.

Das Glas habe ich ihm nie gebracht. Zu diesem Zeitpunkt hatten mich altbekannte Langeweile und Desinteresse gepackt, dieses Gefühl, das ich bekomme, wenn ich jemanden vor mir habe, der mir geistig nicht ebenbürtig ist. Also schnappte ich mir meinen Mantel, ohne mich von meinen Freundinnen zu verabschieden, und bestellte mir ein Taxi, auf das ich rauchend im Entree wartete. Kurz darauf kam der junge Atli mit dem Mantel auf den Schultern, blickte mir männlich in die Augen und erklärte, dass er meine Einladung annehmen wolle.

Diesen jungen Dachsen fehlt es nicht an Mut, dachte ich, wollte aber einen so arglosen Mann nicht vor den Kopf stoßen. Blies ihm nur den Rauch ins Gesicht und sagte, dass mein Plan sich geändert habe, ich müsste morgen in aller Herrgottsfrühe aus der Stadt, weswegen Leibesübungen heute Nacht ausfallen würden.

Im Nachhinein denke ich, dass das ziemlich gemein von mir war. Das ist eigentlich nicht meine Art.

Es macht viel aus, wenn man das Wohnzimmer geputzt hat. Ich kann dann morgen früh gleich nach dem Frühstück losfahren. Es ist wahrscheinlich am besten, wenn ich nach Südisland fahre, obwohl ich das letzte Mal auch in die Richtung gefahren bin, oder sollte ich vielleicht lieber in den Norden fahren und in Borgarnes zu Mittag essen? Falls ich aber doch Richtung Süden fahre, kann ich in Hella Mittag essen. Das Essen ist dort besser, falls es einen nach etwas anderem als fettigem Fastfood verlangt.

Aus einem Interview mit der Reykjavíker Lehrerin Thórsteina Thórsdóttir geht hervor, dass Raststätten entlang der Ringstraße Eins höchst unterschiedlich sind, was die Qualität des Essens betrifft, aber sie ist der Meinung, dass die Leute in Südisland besser abschneiden, was die Vielfalt des Angebots betrifft. »Shops, die auch in irgendeiner Form Essen anbieten, sind in Südisland zahlreicher, und das erklärt die größere Auswahl. Fährt man Richtung Norden zum Hrútafjördur, kann man im Schnitt an drei Stellen Rast machen, um seinen Hunger zu stillen, aber auf dem Weg nach Skaftafell gibt es fünf oder sechs Möglichkeiten.«

Und Thórsteina ist viel unterwegs und weiß deswegen sehr wohl, wovon sie redet: »Ja, ich fahre häufig samstags aus der Stadt, winters wie sommers, um aus der Stadtluft herauszukommen und das Land atmen zu hören. Entweder fahre ich nach Nordisland oder ins Südland, und dann unternehme ich lange Wanderungen. Natur und saubere Luft machen mich zu einem besseren Menschen. Oft habe ich mir gewünscht, das malen zu können, was sich dem Auge darbietet, und dieses wunderschöne Licht, das über dem Land ruht, auf die Leinwand zu bannen.«

Wenn ich sagen würde, wie widerwärtig ich dieses isländische Licht finde, vor allem im Frühjahr, wenn es die Haut transparent macht, hätte ich die ganze Nation gegen mich. Selbstverständlich schweigt man sich in solchen Interviews über so etwas aus. Noch weniger würde ich es preisgeben, dass ich niemals auch nur einen einzigen Schritt laufe. Ich fahre nur. Ununterbrochen. Nach Norden oder Süden. Mache dann auf der Heimfahrt bei einem Kiosk Halt, schaufele ungesundes Fastfood in mich hinein und rauche. Wie eine Frau, die von einer längeren Reise aus dem Süden oder Norden zurückkommt und gezwungen ist, etwas zu sich zu nehmen, bevor sie weiterfährt.

Diese Putzerei macht mich durstig. Ich glaube, dass ich außerdem Kopfschmerzen bekomme. Hatte ich nicht irgendwo noch Sprudel?

Wieso habe ich mir eingebildet, hier im Eisschrank noch eine Flasche Orangeade zu haben? Hier ist kein Tropfen von irgendeiner Flüssigkeit zu sehen. Bin ich denn tatsächlich schon so verkalkt? So geht es denen, die sich nicht diese Unmenge von Informationen aneignen können, die aus allen Richtungen auf uns einstürmen. Ihnen kommt das Gedächtnis abhanden. Ich muss mich mit Leitungswasser begnügen. Das Wasser in der Küche wird nie kalt, egal wie lange man es laufen lässt. Bei wem sollte man sich beschweren? Dem Wasserwerk? Ich bin gezwungen, mit dem Glas ins Badezimmer zu trotten. Seltsam, dass man in diesem viel besprochenen Wassereldorado Island nicht mal anständiges kaltes Wasser bekommen kann.

Es dauert eine Minute und fünfzig Sekunden, bis das Wasser aus dem Badezimmerhahn einigermaßen kalt ist. Ich kann nicht behaupten, dass ich das als guten Service vom Wasserwerk empfinde. Aber vielleicht sind es die Heißwasserleitungen, die Auswirkungen auf das kalte Wasser haben, das könnte schon sein. Einige finden das isländische Wasser alles andere als gut, sie sagen, es sei irgendwie merkwürdig tot. Totes Wasser? Was wollen die Leute eigentlich, soll das Wasser quicklebendig sein?

Wahrscheinlich würde das Wasser aus dem Hahn Gletschertemperatur haben, wenn ich es zehn Minuten laufen ließe. Aber dazu habe ich jetzt keine Zeit, ich befinde mich mitten im Hausputz. Am besten putze ich als nächstes die Bilderrahmen.

Der junge Mann auf dem Bild ist durch die Berge gewandert, und verschwindet jetzt hinter einem. Jenseits des Berges erwartet ihn ein grünes Tal mit Bächen und grasigen Mulden. Er schlummert in der Stille ein.

Er nannte uns die Mädels, und wir schlürften seine Jugend in uns hinein.

Gleich nach Neujahr, am ersten Tag nach den Weihnachtsferien, kam er in der großen Pause an unseren Tisch und fragte verschmitzt: Na, Mädels, habt ihr zwischendurch mal wieder das Tanzbein geschwungen?

Wir kicherten zuerst, denn die Weihnachtsfeier hatten wir beileibe nicht vergessen, fingen uns dann aber bald wieder und wollten nichts von solchen Anspielungen wissen, er hatte sich ja auch selber die Seele aus dem Leib getanzt, und jetzt hol dir einen Kaffee, keine Widerrede! Dann lachten wir und alberten die ganze Pause herum. Hin und wieder warf er mir forschende Blicke zu, und jedes Mal, wenn er das tat, schickte ich ihm mein strahlendes Frau-von-Welt-Lächeln.

Im Januar wurde viel gelacht. Jeden Tag freuten wir uns auf die Pausen. Wir hatten jetzt einen Maître de Plaisir. Atli bekam einen Stammplatz an unserem Tisch, und andere mussten weichen. Wir passten auf, dass sich niemand auf seinen Platz setzte. Da sitzt Atli, sagten wir schroff, wenn er noch nicht da war. Worüber wir redeten und was unsere Heiterkeit erregte, daran kann ich mich nicht so genau erinnern, es war eher die Atmosphäre als einzelne Begebenheiten, die uns die dunkle Jahreszeit erhellten.

Er schaffte es mühelos, dass wir uns wohl fühlten, und er unterhielt sich mit uns, als stünden wir gerade erst am Anfang des Lebens. Fragte Droplaug, ob sie, die so künstlerisch veranlagt war, keine Ambitionen hätte, so berühmt zu werden wie ihr Mann, bewunderte die Dänischkenntnisse von Steinvör, lobte die Führungsqualitäten von Arndís und sagte, wie viel Spaß er daran hätte, eine Dame wie mich in ein geländegängiges Fahrzeug klettern zu sehen.

Steinvörs Laune besserte sich zusehends im neuen Jahr, sie unterließ die bissigen Bemerkungen und beklagte sich nicht über die Belastung, wie es sonst in den Wintermonaten ihre Angewohnheit war. Droplaug erschien jeden Tag zum Unterricht und erhob sich über finanzielle Bedrängnisse mit amüsanten Streiflichtern über die Kunst. Arndís war in ihrem Element, erzählte von Auslandsreisen und lustigen Erlebnissen, und wiederholt erklärte sie mit resolutem Blick, jungen Leuten behilflich sein zu können, die zum Weiterstudium ins Ausland gehen wollten. Ich gab zu verstehen, dass ich interessierten Outdoor-Freaks gern meinen Jeep leihen würde.

Keine von uns bekam die klassische Januargrippe.

Wir hatten nie besser ausgesehen als eben in diesem Monat. Attraktive Frauen über vierzig, geistreich, voller Tatkraft und Lebensfreude.

Unser Lebenselixier ging jedoch zur Neige, ohne dass wir uns dessen im Klaren waren. Wir wussten zwar, wollten aber nicht wissen, sahen zwar, gaben aber vor, nichts zu sehen, hörten, taten aber so, als hörten wir nichts.

Muss ich nicht eine Tablette gegen diese Kopfschmerzen nehmen? Wo habe ich bloß die dämliche Schachtel hingelegt?

Wenn es so weitergeht, wie es den Anschein hat, werden bald in den Häusern ringsum die Lichter angehen. Ein neuer Tag, und ich bin immer noch unausgeschlafen.

Nachtgedanken sind gefährlich.

Jetzt hilft nur eins. Die zehn besten Wörterbücher mit ins Bett nehmen und Vokabeln wiederholen.

Sieben Grad an der Nordseite.

Acht Grad an der Ostseite.

Acht Grad an der Südseite.

Es wird keinesfalls wärmer. Immer dieser ewige Wind. Und im Süden braten sie in der Sonne. Neunzehn Grad sind es dort, wie ich gestern in der Zeitung gelesen habe, also werden bestimmt einige ausgiebig im Mittelmeer gebadet haben. Mein Schicksal hingegen ist es, schlaflos von Zimmer zu Zimmer zu wandern und kühle Temperaturen in ein altes Buch einzutragen. Ich beschwere mich nicht, zumal ja hier niemand ist, bei dem man sich beschweren kann, man verrichtet einfach sein Morgenwerk in der Stille des frühen Samstags. Trägt die Temperaturen ein, holt sich die Zeitungen, setzt Kaffee auf, löst Kreuzworträtsel. Macht das Radio an.

Die Neunuhrnachrichten. Die sind noch nicht vorbei.

Kein Wort? Das hätte ich mir natürlich denken können. Bevor die Angehörigen eine Suchmeldung aufgeben, müssen die Leute mindestens vierundzwanzig Stunden vermisst sein. Außerdem ist nicht sicher, ob sie sich um neun Uhr morgens schon über die Lage der Dinge im Klaren sind. Sie haben wahrscheinlich heute Nacht die Lage besprochen und treffen dann beim Frühstück eine Entscheidung darüber, wie es weitergehen soll. Es kommt bestimmt in den Mittagsnachrichten, so läuft das. Ich frühstücke einfach genau wie die anderen, ich hab es auch verdient nach nur drei Stunden Schlaf. Das kann man nicht anders sagen.

Schicksal, Los. Kleine Woge, Welle. Rühmen, loben. Riecher, Nüstern. Es lohnt sich kaum, so einfache Kreuzworträtsel zu lösen, man braucht vier Minuten für das kleine und dreizehn Minuten für das große. Könnten die nicht interessantere Worte verwenden, beispielsweise Fenn, eklatant, Debakel, Laban, Memme. Wie steht es um die Phantasie der isländischen Kreuzworträtselverfasser? Ansonsten sind die isländischen Zeitungen, was Kreuzworträtsel angeht, besser als die ausländischen, das muss man ihnen lassen. Das Kreuzworträtsel in der Sunday Times ist eine richtige Schande, nur neunmal neun Zentimeter im Quadrat, und das in einem Blatt, das dreizehnhundert Gramm wiegt. Ich werde das Abonnement abbestellen, wenn das nicht geändert wird.

Unglaublich, wie blöd Bilderrätsel sein können. Überhaupt kein Zusammenhang zwischen den Bildunterschriften und den Bildern. Ein fein gemachtes Paar sitzt in einem vornehmen Restaurant und blickt schweigend auf den Kellner, der sich ganz offensichtlich über die Speisekarte auslässt. Statt der nahe liegenden Lösung, »sich vom Kellner beraten lassen«, ist die Lösung »Hamburger können Sie bei uns leider nicht bekommen«.

Was soll das mit den Hamburgern? Typisch für diese Fastfood-Generation, alles wird den Amis nachgemacht. Franzosen sind nicht so anfällig für amerikanische Einflüsse wie wir, und deswegen sieht man selten fette Ärsche in jenem Land. Louis behauptete, er hätte nur zweimal in seinem Leben einen Hamburger gegessen, und das glaube ich ihm. Von Schnellimbissfraß hält er nichts, der Mann. Er ist für lange ausgiebige Mahlzeiten mit gehaltvollen Gesprächen über Politik und Kultur. Persönliche Dinge waren in diesen drei Sommern, die wir zusammen verbrachten, selten an der Tagesordnung. Zu Beginn unserer Beziehung habe ich ihn allerdings einmal gefragt: Wie steht es eigentlich, warst du verheiratet, oder bist du vielleicht verheiratet? Und nach kurzem Schweigen antwortete er: Wir sollten nicht die Gespenster der Vergangenheit in die Gegenwart mitschleppen. Wir sind beide frei und unabhängig von den Launen anderer. Seine Antwort sagte mir zu. Es hätte mir sowieso nicht gepasst, über Hallgrímur zu sprechen. Aber der Mann lebt im Sommer allein, so viel steht fest. Im Herbst verabschieden wir uns und kehren frei in unsere heimatlichen Gefilde zurück, ich in meine Wohnung in Reykjavík, er in seine in Marseille. Seine Wohnung liegt mitten in der Stadt, da wo die meisten Kinos sind. Vielleicht hat er im Winter andere Frauen. Wenn das der Fall ist, geht es mich nichts an.

Nager? Na, da schau her. Könnte das eine Ratte sein? Ja, das passt. Das war ja simpel. Immer dasselbe Zeug. Leichtsinn, Übermut. Versager, Niete. Kram, Krempel. Primat, Affe.

Mich laust der Affe. Da stehen doch diese schlampigen Weibsbilder schon wieder mit ihrem Krempel bei der Reiki-Meisterin auf der Matte, und es ist noch keine zehn Uhr! Wie ist das eigentlich, brauchen die sich nicht um Haushalt und Kinder zu kümmern? Die können natürlich mal wieder Reste essen. Wo habe ich das Fernglas hingetan?

Weibsbilder öden mich an. Sie sind dämlich. Immer auf irgendwelchen esoterischen Trips.

Wie kannst du nur so etwas sagen, Thórsteina? Deine Großmutter würde sich im Grabe umdrehen, wenn sie das hörte. Diese vorbildliche Frau, die einen ganzen Landwirtschaftsbetrieb in Ostisland geführt hat, ohne dass ihr irgendein Mann zur Seite stand. Sie war doch wohl nicht dämlich?

Sie war nicht dämlich, weil sie sich nicht von Männern herumkommandieren ließ.

Das kann schon sein, Thórsteina, aber ohne Männer ist das Leben langweilig. Hallgrímur hat einfach nicht zu dir gepasst, und deswegen solltest du dir einen anderen suchen.

Ich habe vor, für den Rest meines Lebens allein stehend zu bleiben.

Nein, Thórsteina, das kann nicht gut gehen, dann hast du niemanden, mit dem du am Frühstückstisch plaudern kannst, und du fängst bloß an, mit dir selbst zu reden, wie alle Frauen in unserer Familie. Du weißt, dass das in der Familie liegt. Nein, Frauen sind nicht dämlich, liebe Thórsteina, sie brauchen bloß ein bisschen Hokuspokus, um mit allem fertig zu werden.

Womit fertig zu werden?

Ich brauche mit nichts fertig zu werden, aber ich habe den Verdacht, dass meine Freundinnen mit dem einen oder anderen fertig werden müssen, und trotzdem marschieren sie nicht mit ihrem ganzen Krempel wochenendweise zu einer Reiki-Meisterin.

Regnen, gießen. Nachdenken, erwägen.

Was sie da wohl in ihren unförmigen Taschen haben, die Weibsen? Ist es nicht komisch, dass Frauen immer und überall den halben Hausrat mit sich schleppen, in Einkaufstaschen, Beuteln, Tüten und Handtaschen?

Nur nicht, wenn sie ihn brauchen.

Meine Freundinnen haben das Glück, dass sie bei mir, einer unabhängigen und freien Frau, immer eine Zuflucht finden können, wenn Not am Mann ist.

Schlotternd, weil nass bis auf die Knochen, stand Steinvör an einem Herbstabend kurz nach Mitternacht vor meiner Tür. Wegen Dunkelheit und Regen konnte ich zunächst ihr Gesicht nicht so genau sehen, aber ich bemerkte sofort, dass sie nichts in der Hand trug. Ich hatte Steinvör nie zuvor gesehen, ohne dass sie irgendetwas in der Hand hatte: Mappe, Handtasche, Tüte, Bücher, Zeitungen, Fotoapparat, Gerätschaften, Kaffeetassen. Deswegen sagte ich:

Was denn, so ohne alles?

Lass mich bitte rein, ich habe keinen Mantel an.

Wo hast du denn deinen Mantel, Steinvör?

Ich hatte keine Zeit, er hat mich auf die Straße gesetzt.

Hat er dich rausgeschmissen?

Da war er beim zehnten Glas.

Der Akademiker hatte so viel Verstand, seine Schläge und Tritte auf Stellen zu richten, die bedeckt waren, und deswegen konnte man Steinvör im Gesicht nichts ansehen, wie es sonst bei Frauen der Fall ist, die von ihren Männern geprügelt werden. Trotzdem zeugte ihr Gesicht davon, dass sie geschlagen worden war. Es glich einer Totenmaske.

Steinvör hatte im strömenden Regen draußen vor dem Haus gestanden wie ein streunender Hund, und deswegen musste ich sie mit einer heißen Dusche und starkem Kaffee wieder beleben, bevor ich etwas aus ihr herausbekam. Als sie endlich zusammengekrümmt über einer Tasse Kaffee hockte, bewegten sich die blutleeren Lippen: Jetzt ist er zu weit gegangen, der Scheißkerl.

Ansonsten begann das Gespräch erst, als sie sich französischen Cognac einverleibt hatte.

Warum hast du ihn nicht schon längst verlassen?, fragte ich taktvoll wie ein Hausarzt.

Die Lehrergehälter sind so niedrig.

Aber andere leben doch auch davon.

Nicht, wer drei Mädchen auf dem Gymnasium hat.

Du würdest es aber schaffen, wenn er tot wäre?

Ich kann ihn doch nicht umbringen, Thórsteina, erwiderte sie ohne zu überlegen, so als hätte ich das von ihr verlangt, er ist so interessant und weiß so viel, wenn er nicht betrunken ist.

Ich machte ihr ein Bett auf dem hundert Jahre alten Sofa im Fernsehzimmer zurecht, überzog das Eiderdaunenbett mit champagnerfarbenem Seidendamast, damit sie später über den klassischen Stil des Hauses berichten konnte. Wir einigten uns darauf, dass sie sich am nächsten Tag in der Schule krank melden und sich bei mir zu Hause ausruhen würde. Der Scheißkerl sollte sich auf jeden Fall nachhaltig Sorgen machen.

Ich ging am nächsten Tag zur Schule, als ob nichts passiert wäre, konnte aber vor Ungeduld kaum unterrichten, so freute ich mich darauf, nach Hause zu kommen. Nie zuvor hatte jemand zu Hause auf mich gewartet, nicht einmal Hallgrímur, solange er für mich existierte, denn in jenen Tagen war ich es, die auf ihn wartete. Ich sah ein Plauderstündchen in der Küche vor mir, zwei Frauen, die sich gegenseitig Geheimnisse zuflüsterten, sie würde mir von ihrer fehlgeschlagenen Ehe erzählen und ich ihr von meiner, und falls sie ganz offen wäre, wäre ich es auch und würde ihr vielleicht davon erzählen, als Hallgrímur mich die Treppe herunterstieß. Ja, Frauen sind nicht nur hinausgeworfen worden, meine Liebe, würde ich sagen, man hat sie auch die Treppe hinuntergeworfen.

Mit gegenseitiger Offenheit bilden sich unzerstörbare Freundschaftsbande, und ich hatte mich schon lange danach gesehnt, solche Bande zu einer ehrlichen Frau wie Steinvör zu festigen, auch wenn ich dazu eine Niete wie Hallgrímur ins Spiel bringen müsste.

Als ich nach Hause kam, lag auf dem Küchentisch ein Zettel für mich, auf dem stand: Musste weg, Rúna sollte zum Zahnarzt, und ich hatte versprochen, sie hinzufahren.

Ohne Flüssiges oder Festes zu mir zu nehmen, ging ich ins Arbeitszimmer und rauchte am Fenster. Die graue Dämmerung hatte die Häuser ringsum geschluckt.

Droplaug kam tagsüber. Das war viele Monate später. Quietschend bremste sie vor unserem Bürgersteig und stürzte mit allen Anzeichen der Panik aus dem Auto. Die ausgestreckten Arme und die Verzweiflung, die aus ihrem Benehmen sprach, erinnerten an Picassos Guernica. Was mich schockierte, war ihr Gesicht. Es war in den Farben der schwedischen Fahne bemalt.

Ich raste die Treppe hinunter, um sie hereinzulassen, und sie schoss wie eine Katze hinauf in meine Wohnung. Das Intermezzo war Stígur nicht entgangen, und das war Glück im Unglück, denn ohne seine Hilfe wäre es mir kaum gelungen, ihr Aussehen wieder in eine normale Verfassung zu bringen. Er hatte selbstverständlich Terpentin im Haus, und während wir gemeinsam die Ölfarbe aus Gesicht und Haaren entfernten und ihr Beistand leisteten, konnte sie stammelnd den Sachverhalt herausbringen.

Der Kunstmaler hatte wohl einen Tobsuchtsanfall bekommen.

Wir wollten am Samstag ganz früh anfangen und sein Atelier aufräumen, putzen und ausmisten, Tische und Fenster anstreichen, Löcher für die Regale bohren, die ich für ihn gekauft hatte, und mittags machten wir dann eine Pause mit Butterbroten und kaltem Bier, aber dann war er auf den Geschmack gekommen und wollte mehr Bier. Dann fing er wie ein Verrückter an, ein altes Bild zu überarbeiten, während ich weiter für ihn schuftete, und wir fingen an zu streiten, erst über die Kinder, dann über das Geld, und ich sagte, ohne zu überlegen, dass wir, wenn wir nicht mein Scheißlehrergehalt hätten, schon längst verhungert wären, denn er hätte schon lange kein Bild mehr verkauft, und außerdem würde er so große Bilder malen, die niemand bei sich zu Haus aufhängen kann. Und dann rastete er aus und behauptete, dass ich schuld an seiner künstlerischen Stagnation sei, ich würde seine Schaffenskräfte zugrunde richten, und um Inspiration zu bekommen, bräuchte er jugendliche Schönheit in weiblicher Ausführung und die entsprechenden fleischlichen Genüsse, und die würde er nicht bei mir bekommen, einer Mathelehrerin im vorgerückten Alter mit schlaffen Schenkeln und schlabbernden Brüsten. Dann stürzte er sich mit erhobenem Pinsel auf mich und brüllte, die einzige Chance sei, mich anzumalen, und dann legte er los. Ich konnte mich überhaupt nicht wehren, hatte den Bohrer in der Hand und war wie gelähmt vor Angst, aber schließlich habe ich den Bohrer fallen lassen und gemacht, dass ich wegkam. Beinahe hätte er mich umgebracht, als er den Bohrer aufhob und mir nachschleuderte.

Wir lauschten wie vom Donner gerührt.

Ob der Bohrer wohl kaputtgegangen ist?, fragte Stígur.

Wieso glotzt du dir nicht das Fußballspiel im Fernsehen an?, bellte ich, und er sputete sich nach unten, während ich schweigend den Rest der Farbe von Droplaugs Gesicht rieb.

Lass dich von ihm scheiden, Droplaug.

Dann nimmt er sich eine andere Frau.

Dann brauchst du jedenfalls nicht mehr für ihn zu sorgen.

Er sagt, ich sei alt und unansehnlich, aber er selbst hinkt und ist impotent.

Warum nimmst du dir nicht einfach einen anderen Mann?

Es widerstrebt mir, ein drittes Mal zu heiraten. Das wäre mir zu viel. Außerdem muss ja auch jemand für ihn sorgen, damit er sich seiner Kunst widmen kann.

Ich ließ Wasser in die Badewanne einlaufen und gab duftendes Lavendelöl hinzu. Dort lag sie lange ganz still mit geschlossenen Augen. Währenddessen sauste ich in der Küche herum, riss Schränke und Schubladen auf und suchte alles zusammen, was man möglicherweise in ein französisches Essen mit vier Gängen verwandeln konnte. Ein ausgiebiges Abendessen mit Kerzenlicht, Wein und Erzählungen von Pariser Künstlern und ihren Jahren mit dem Ehemann in Amsterdam lagen vor uns. Ich konnte es kaum abwarten, denn aus Erfahrung wusste ich, dass es kaum jemand gab, der seine Zuhörer so wunderbar durch die Welt der Kunst geleiten konnte wie Droplaug.

Der Tisch war gedeckt und der Wein war schon in der Karaffe, als sie blitzsauber und todernst in der Küche erschien.

Ich muss jetzt weg, sagte sie, ich habe Schweinefleisch im Eisschrank, das ich heute Abend kochen wollte.

Das Silber und das Service wanderten in den Schrank zurück, ich knallte zwei Teller auf den Küchentisch und lud Stígur zum Essen ein, das er sich hineinschaufelte, während ich mich an den Rotwein hielt.

Gut organisierte Frauen wie Arndís melden sich an. Wäre sie vor die Tür gesetzt worden, was sehr unwahrscheinlich ist, hätte sie sich wieder durch ein Kellerfenster ins Haus gezwängt, um sich ihren Mantel zu holen und ein paar andere Dinge, um sich zurechtzumachen, bevor sie bei einer Freundin Zuflucht sucht. Wäre sie in den Farben der schwedischen Flagge angemalt worden, hätte sie sich im Badezimmer eingeschlossen und sich in aller Ruhe die ekelhafte Schmiere mit Nagellackentferner abgerubbelt, bevor sie sich vor irgendjemandem hätte blicken lassen.

Sie rief eines Sonntagnachmittags an, fragte, ob ich beschäftigt sei und ob sie auf einen Kaffee vorbeischauen dürfte. Als sie mir die Verwunderung in der Stimme anhörte, denn ich war es nicht gewöhnt, sonntagsnachmittags Besuche von meinen

Kolleginnen zu bekommen, fügte sie hinzu, dass sie furchtbar gern Bilder aus Frankreich sehen und etwas mehr über Grundbesitz und Preislage in der Gegend erfahren würde, wo ich am häufigsten gewesen war. Stígur erschien im Hausflur, als ich ihr die Tür aufgemacht hatte, und platzte wie gewöhnlich plump mit seinen Vorwürfen heraus: Du hast zu nahe am Hydranten geparkt, sagte er vorwurfsvoll. Arndís, aufgetakelt und parfümiert, mit Gold an den Ohren und um die Handgelenke, blickte ihm tief in die Augen, während sie ihm mit zwei spitzen Fingern die Autoschlüssel reichte und sagte: Setz ihn zurück.

Stígur gehorchte wortlos. Ich habe keinen Zweifel, dass er auf Berge geklettert wäre, hätte sie ihm das befohlen. Mir wurde klar, was für einen Einfluss Arndís auf das andere Geschlecht haben kann. Aber erwartungsgemäß war ein Mann der tiefere Grund für ihren Besuch, genau wie bei den beiden anderen. Bilder aus Frankreich waren nur ein Vorwand.

Sie wusste sich keinen Rat, denn der junge Ehemann war so langweilig. Geistlos, phantasielos und humorlos. Eine Qual, mit ihm zu leben, mit ihm zu essen und mit ihm zu schlafen. Mit dem Fotoalbum auf dem Schoß lauschte ich den ausführlichen Schilderungen einer stinklangweiligen Ehe, und um die Wahrheit zu sagen, am Ende der langen Epistel war ich überrascht, wie gut sie sich trotz einer derartigen geistigen Misere gehalten hatte. Dass sie es in diesem Zusammenleben überhaupt aushielt, war auf materielle Reichtümer zurückzuführen, in dieser Hinsicht backte der Ehemann keine kleinen Brötchen. Auslandsreisen und glanzvolle Einladungen hielten sie bei der Stange. Im Anschluss an diese zeitraubenden Bekenntnisse wollte sie wissen, wie es wäre, alleine zu leben und einen Liebhaber in der Ferne zu haben, denn sie erwäge diese Lebensform für sich selbst.

Ich wurde wieder ein bisschen munterer, denn endlich kam ich dazu, etwas von mir zu geben. Ich wippte mit den Knien, auf denen das ungeöffnete Fotoalbum lag, und drückte mich sehr gewählt aus, erklärte ihr in einigen Sätzen, was für ein Segen es sei, den Tag nach seinem eigenen Gutdünken einrichten zu können, essen, schlafen und lieben zu können, wann es einem passte. Sie hörte einige wenige Minuten aufmerksam zu, dann schüttelte sie den Kopf und sagte: Ich könnte aber nicht so wie du nur im Sommer Sex haben.

Was Lehrerinnen so von sich geben.

Dann schaute sie auf die Uhr und sagte, sie müsse sich beeilen, sie sei zum Essen eingeladen. Ich stellte das Album zurück ins Regal und widmete mich den Wörterbüchern.

Es ist in der Tat ein Glück für meine Kolleginnen, bei mir freien und unabhängigen Frau Zuflucht suchen zu können, wenn Not am Mann ist. Hierher können sie am Wochenende kommen, wenn die Kerle sie fertig machen. Ich aber kann nicht das Gleiche tun, wenn Stígur mir den letzten Nerv tötet. Man drängt sich am Wochenende nicht in ein Familienleben ein. Außerdem käme es nie infrage. Ich weiß, wer ich bin und brauche es keinem Mann recht zu machen. Die haben es im Laufe der Jahrhunderte den Frauen so eingebläut, wie sie sich zu benehmen und wie sie zu denken haben, dass sie nicht mehr wissen, wer sie sind. Und als sie endlich das Gelabere der Philosophen und der Gottesmänner los waren, machten die Filmregisseure weiter und schufen willenlose Frauen, die im Kino geschlagen und vergewaltigt werden. Deswegen ist es nicht verwunderlich, dass man sich nicht die Zeit mit Videos vertreibt, wenn unvorhergesehene Schlaflosigkeit die Seele befällt. Man würde bloß Verdauungsstörungen bekommen. Am schlimmsten ist, wie viel

Tränen in diesen Filmen vergossen werden. Diese Heulerei ist mir in jeder Hinsicht unverständlich. Ich kann mich nicht erinnern, dass ich jemals meine Mutter habe weinen sehen, höchstens, wenn sie im Radio Maria Callas singen hörte. Und meine Oma hat nie Tränen vergossen, nicht einmal, als sie ihr Lieblingspferd töten lassen musste. Meine Freundinnen haben vielleicht nicht geflennt, als sie Zuflucht bei mir suchten, aber ihrem Gesichtsausdruck und ihrer Mimik habe ich es angesehen, dass sie nicht ganz sicher waren, ob sie vielleicht ein bisschen schluchzen sollten ob ihrer Lage. Nach traditioneller Vorschrift.

Durcheinander, Wirrwarr. Kassieren, eintreiben. Schräg, schief. Schwerlich, kaum.

Ich habe kaum noch Lust, jetzt aufs Land zu fahren, selbst wenn der Jeep draußen ungeduldig wartet. Jeeps fand ich schon immer hässliche Autos. Sie erinnern mich an Bagger und Trecker. Trotzdem muss ich zugeben, dass mein Jeep so frisch poliert und glänzend vom Küchenfenster aus nicht schlecht aussieht. Es war ein unvergesslicher Moment, als ich in ihm zum ersten Mal auf dem Parkplatz vorfuhr.

Von dem Zeitpunkt an, als Stígur, mit meinem Einverständnis, die Wartung meines früheren Autos übernahm, hatte er sich über schlechte Bremsklötze, defektes Getriebe, abgenutzte Reifen und unzulängliche Scheinwerfer beklagt. Mitten in der Woche konnte es abends passieren, dass er seinen zerschlissenen, verdreckten und ölverschmierten Overall anzog, sich unter mein früheres Auto legte, um es mit allerlei Werkzeugen so zu bearbeiten, dass es im ganzen Viertel widerhallte. Um dann zu mir hoch zu kommen und mit der Leidensmiene des Fachmanns zu erklären: In dem Zustand fährst du mir nicht mit dem

Auto aus der Stadt. Und ich antwortete wie gewohnt mit geheuchelter Besorgnis: Was fehlt ihm denn jetzt, mein lieber Stígur? Ich fand es gar nicht abwegig, dass das Auto nach einer solchen Rosskur schrottreif war, behielt das aber für mich, erklärte, dass die Kiste wohl noch eine Weile taugen würde, sie sei ja schließlich erst acht Jahre alt. Dann geiferte der Fachmann so, dass der Seiber in alle Richtungen spritzte, und hielt mir einen Vortrag, dass man Autos zu erneuern habe, Automarken wurden verglichen, Überlegungen angestellt in Bezug auf die Lebensdauer, und als man schließlich vor Langeweile schon bald krepierte, sagte er mit Nachdruck: Nein, ich fürchte, mit dem Auto fährst du nicht aus der Stadt.

Aber ich fuhr aus der Stadt.

Sein ewiges Gemeckere war der Grund dafür, dass ich den Jeep kaufte. Stígur hatte schon seit langem ehrfürchtig über Jeepbesitzer gesprochen, die in der Regel männlichen Geschlechts waren, und ich beschloss, ihn zu provozieren und den teuersten Jeep zu kaufen, der zu haben war. Es ist schwierig und alles andere als damenhaft, in diese Schlitten einzusteigen. Aber ich fuhr nach Hause im neuen Jeep, und es war, als hätte Stígur eine Vorahnung gehabt, denn er stand müßig auf der Treppe, als ich vorfuhr.

Als ihm klar wurde, dass ich den Jeep erworben hatte, äußerte er keinerlei Bewunderung, sondern wirkte verklemmt und verkrampft und schien irgendwie einzuschrumpfen. Er ging schweigend um das Auto herum, ohne die Motorhaube zu betatschen oder gegen die Reifen zu treten, wie es sonst seine Gewohnheit war, und es hatte für mich fast den Anschein, als habe er mit irgendwas im Hals zu kämpfen. Trotz meiner Intelligenz begriff ich nicht gleich, was mit ihm los war, aber dann ging mir ein Licht auf. Er ging davon aus, dass mit der Ankunft des neuen Fahrzeugs seine wichtigen technischen Überwachungsdienste beendet seien. Wartung und Reparaturen, sein Ein und Alles.

Ich warf ihm die Autoschlüssel zu und sagte, als ich die Treppen hinaufging: Mein lieber Stígur, könntest du nicht ein paar Stunden mit der Kiste herumfahren und abchecken, ob die in der Autohandlung mich nicht übers Ohr gehauen haben.

Man konnte sein Gesicht noch oben vom Küchenfenster aus strahlen sehen. Seitdem hat sich Stígur um meinen Jeep gekümmert wie um sein eigenes Kind, und fest steht, dass er ihn mehr liebt als ich.

Sein eigenes Auto fährt Stígur allerdings nur zu besonderen Anlässen, und mit der Absicht hat er es auch gekauft. Ein fünf Jahre alter PKW, der selten benutzt wird und an dem kein Stäubchen zu sehen ist, denn wenn Stígur abends auf der Arbeit fertig ist, nachdem er den ganzen Tag Waren ausgefahren hat, lässt er den Transporter auf dem Betriebsgelände stehen und fährt mit dem Bus nach Hause. Er wäre gern Busfahrer bei den städtischen Verkehrsbetrieben geworden, sagte er mir einmal. Es ist bloß so schwierig, da etwas zu bekommen, fügte er hinzu.

Die Anerkennung, die er in der vergangenen Woche bekam, hat aber meines Erachtens dazu geführt, dass er jetzt nicht mehr den alten Träumen nachhängt.

Sichtlich aufgewühlt kam er zu mir hoch, klatschte sich mit der Zeitung hektisch auf die Hand und sagte wichtigtuerisch: Hör mal, du musst dich um die Zeitungen kümmern, während ich weg bin.

Die Betonung lag absichtlich auf dem Wort »weg«, und ich begriff, dass Großes im Schwange war.

Was sagst du, Stígur, während du weg bist, wohin fährst du denn?

Warentransport nach Nord- und Ostisland. Wir übernachten in Hotels.

Wie schön für dich, mein Lieber.

Mit Bad.

Bad? Ja natürlich, mit Bad.

Das Frühstück gehört auch dazu, und da gibt's sowohl Aufschnitt als auch Cornflakes.

Wie schön, Stígur, und wann geht's los?

Morgen früh, und ich komme erst in einer Woche wieder. Vielleicht auch erst in zehn Tagen.

Ich lächelte froh angesichts der Tatsache, dass er eine Woche abwesend sein würde, aber er deutete das als Reaktion auf seinen Aufstieg.

Nur die Besten kriegen so einen Job.

Daran zweifele ich nicht, mein Lieber.

Du denkst daran, das Haus gut abzuschließen, und vergiss bloß nicht den Keller. Gudbjartur in Nummer achtzehn hat mir gesagt, dass in unserem Viertel Einbrüche verübt worden sind. Und du darfst keine Elektrogeräte anlassen oder vergessen, das Wasser zuzudrehen. Man weiß nie, was passieren kann. Es könnte eine Überschwemmung geben. Oder anfangen zu brennen. Am besten checke ich nochmal den Sicherungskasten ab, bevor ich losfahre.

Dann blickte er mich fragend an. Ihm, dem Mann, der alles besser konnte, war es offensichtlich peinlich, eine Frau um Rat fragen zu müssen, aber dann sagte er laut: Weißt du vielleicht, ob die Hotels auch Schlafanzüge zur Verfügung stellen?

Nein, mein Lieber, den musst du schon selber mitnehmen.

Ja, das hatte ich mir schon gedacht, sagte er selbstgefällig.

Bevor er ging, legte er sich sicherheitshalber noch einmal unter meinen Jeep und bat mich dann, ein Auge auf sein Auto zu haben, weil er selber nicht aufpassen könnte.

Es ist in der Tat beruhigend, so einen Wachhund als Hauswart zu haben.

Stígur hat keine Freunde, nur Bekannte und Arbeitskollegen. Einmal kam er ganz stolz zu mir nach oben, um die Zeitungen auszutauschen, und erklärte, sich ein Taxi bestellt zu haben. Er wollte nämlich das Fußballendspiel zusammen mit den Kumpels anschauen.

Wozu denn ein Taxi?, fragte ich verständnislos.

Also, die haben ein paar Blonde kalt gestellt. Man wird wohl ein oder zwei Bierchen mit ihnen trinken, sagte er wichtigtuerisch.

Ich freute mich, ihn in guter Gesellschaft zu wissen.

Drei Stunden später kam er im Taxi zurück. Als ich ihn am nächsten Tag fragte, weshalb er so früh nach Hause gekommen sei, antwortete er mürrisch: Ich hatte schon zwei Bier getrunken.

Ich begriff, dass die Fußballrunde seinen sozialen Bedürfnissen nicht entsprochen hatte. Leute wie Stígur ziehen gerne den Kürzeren, wenn wichtigtuerische und besoffene Männer das Sagen haben. Da sind Frauen besser. Sie leihen Leuten wie Stígur ihren Jeep, damit er im Verein mit anderen Jeepeigentümern sonntags durch isländische Hochlandwüsten kutschieren kann. Er strahlte wie ein Honigkuchenpferd, als er an diesem Tag des Konvoiausflugs die Autoschlüssel entgegennahm. Und welche Seligkeit, als er in den Fernsehnachrichten auf dem Bildschirm erschien, zusammen mit anderen Jeepeigentümern. Da fuhr er vor einem beziehungsweise hinter einem her und lächelte markig in die Kamera. Stígur, Jeepeigentümer.

Dort steht er, der Jeep, forsch und hochglanzpoliert. Ich traue mir kaum zu, in ihn hineinzukraxeln und den ganzen Tag seine Geräusche zu hören. Ich will nicht in den Norden, hab kein Interesse am Süden. Ich verkrafte es noch nicht einmal, in der Stadt herumzufahren und zu überprüfen, wo dieser und jener wohnt.

Ich bin schlapp vor Schlaflosigkeit.

Ich gehe wieder ins Bett mit dem alten französischen Wörterbuch und versuche, bis mittags zu schlafen. Ich stelle den Wecker, damit ich die Mittagsnachrichten nicht verpasse.

Étique, abgezehrt. Étioler, dahinsiechen, verbleichen. Étiolement, Dahinsiechen. Étiolé, siech, bleich.

Abgezehrt, siech. Warum lande ich ausgerechnet bei diesen Wörtern? Soll das ein Hinweis sein? Ich bin keine schicksalsgläubige Reiki-Meisterin. Die wohnt drüben auf der anderen Seite. Ich bin durch und durch realistisch. Abgezehrt und siech.

Die Leiche der Lehrerin wurde gestern gefunden. Der Befund ergab, dass der Tod vor etwa einer Woche eingetreten ist. Die Tote saß halb aufgerichtet in ihrem Bett, und ihre rechte Hand ruhte auf einem aufgeschlagenen französisch-isländischen Wörterbuch. Das Telefonbuch lag am Fußende, und überall waren Zeitungen verstreut. Alles deutet darauf hin, dass die Verstorbene den Tag im Bett verbringen wollte, aber auf einmal verblich, mit unvorhergesehenen Folgen.

In meiner Jugend pflückte ich Blumen und presste sie in einem Buch. Dort verblichen sie, starben aber nie. Immer noch öffne ich das Buch und betrachte ihre verblichene Schönheit.

– Ist da etwas bei dir, was verbleicht, Thórsteina?

– Nein, es ist ja auch nicht die richtige Jahreszeit für so etwas.

– Nichts im Haus, was bleicher wird ?

– Ja, vielleicht bin ich es, die erbleicht.

– Aber im Keller, verbleicht nicht dort jemand?

– Wie soll ich das wissen? Ich gehe nie hinunter, aber es kann schon sein, dass verblichenes Laub dort durch irgendwelche Ritzen hineingeweht wurde.

Stígur ist so penibel im Herbst beim Zusammenfegen von Laub. Harkt es alles auf einen Haufen zusammen, nimmt es mit dem Rechen auf, lässt es auf seine kleine Schubkarre fallen und karrt dann das Ganze zu seinem kleinen Komposthaufen, wo das Laub vom Vorjahr zu Erde geworden ist.

Pfade voller verblichenem Laub, Blätter werden umhergeweht, und darunter verbirgt sich die Erde, hart wie Stein, man hört Geräusche. Etwas Dröhnendes nähert sich, die Erde erbebt unter schweren Clogs. Die Herde nähert sich, kommt näher.

Was sind das für Geräusche?

Habe ich etwas gehört, oder träume ich?

Bin ich eingeschlafen? Wie spät ist es? Tatsächlich, ich wurde vom Schlaf übermannt. Wie spät ist es? Kommen jetzt die Nachrichten?

Nichts in den Mittagsnachrichten? Kein Wort. Kein einziges Wort!

Was ist das eigentlich für eine beschissene Gesellschaft?

Sind alle allen vollständig gleichgültig? Dürfen Leute tagelang verschwunden sein, ohne dass sich jemand Sorgen macht? Was ist mit den Angehörigen? Sind die vielleicht auch verschwunden?

Es geht über meine Kräfte, in einem Land zu leben, wo die Gleichgültigkeit so extrem ist. Ich fliehe in den Süden. Ich fliege nächsten Herbst für immer mit den Küstenseeschwalben.

Thórsteina ist mit den Küstenseeschwalben aufgewachsen. Wenn sie im Frühling in Reykjavík eintrafen und sich auf den Wiesen und Hügelchen am Strand niederließen, musste Thórsteina sich Vaters Hut aufsetzen, um den Kopf zu schützen, bevor sie sich in die Brutkolonie traute. Auch die Küstenseeschwalbe trug ein schwarzes Käppchen, und wenn sie ihren Luftkrieg inszenierte, erinnerte sie an einen Jagdbomber. Mit schrillem Kreischen stürzte sie sich blitzschnell herab, sodass Kinder am Strand in alle Richtungen davonstürmten, fast in Panik. Aber nicht Thórsteina. Sie war streitbar wie die Küstenseeschwalbe. Deswegen sah sie auch das Nest. Es war in einer kleinen Mulde, gepolstert mit verdorrtem Gras und Muschelscherben, und während der Luftkrieg über ihrem Kopf tobte, betrachtete sie die zwei Eier, olivgrün mit braunen Flecken. Sie war lange Zeit die Heldin der Straße, aber ihre Eltern hatten kein Verständnis für diese Ehre, und ihr Vater versteckte seine Hüte. Ihre Eltern wohnten mit ihren beiden Wunschkindern in einem schönen Haus. Hatten wie die Küstenseeschwalbe zwei Eier. Einen blauäugigen Jungen und ein Mädchen mit olivgrünen Augen. Abends kam der Vater aus seiner Goldschmiede nach Hause, nahm den Hut im Korridor ab und zog sich Mantel und Jackett aus, und bevor er sich mit den Zeitungen auf dem Sofa niederließ, lockerte er die Hosenträger. Die Mutter brachte ihm eine Tasse Kaffee, um ihm das Warten bis zum

Abendessen zu verkürzen. Sie trug eine Schürze und ließ die Kinder immer die Hände waschen, bevor sich zu Tisch gesetzt wurde. Sonntags machte die Familie einen Spaziergang um den Stadtteich herum. Thórsteina war der Strand lieber.

Gelesen wurde ein Abschnitt aus der gerade erschienen Biographie der Lehrerin Thórsteina Thórsdóttir, wo ihre Kindheit und die Einflüsse des Elternhauses zur Sprache kommen. Thórsteina befindet sich jetzt hier bei uns im Studio, herzlich willkommen, Thórsteina. Thórsteina, waren das Eltern von gestern?

Ja, Eltern von gestern, Festigkeit und Sicherheit, jeder an seinem Platz. Männer wurden bedient, Frauen bedienten. Bis sie ihre Fähigkeiten entdeckten und aufhörten, zu bedienen. Dafür wurden sie mit doppelter Arbeitsbelastung bestraft. Erziehung wurde zum Nebenjob und später zum Hauptberuf des Lehrers. Und dann machten sich die männlichen Lehrer aus dem Staub, denn sie hatten keine Lust, zusätzlich zum Unterricht Erziehungsaufgaben zu übernehmen, ohne das zusätzlich bezahlt zu bekommen. Sie wollten Erziehung und Unterricht lieber aus dem Elfenbeinturm heraus administrieren, während die Frauen Feindberührung hatten und sich auf dem Klassenschlachtfeld schlugen.

In deiner Biographie kann man zwischen den Zeilen herauslesen, dass du eine altmodische und strenge Lehrerin gewesen bist?

Ich war nicht altmodisch, was die Unterrichtsmethoden betrifft. Nur wenige Lehrer haben sich vergleichbare didaktische Kenntnisse und Einblicke angeeignet. Ich bin in der ganzen Welt herumgekommen, und zwar nicht nur, um mich über das Schulwesen in anderen Ländern zu informieren, sondern auch, um mein Wissen in Bezug auf Sprachen, Geschichte, Kultur, bildende Künste und Musik zu erweitern, denn meiner Meinung nach sind Kenntnisse in diesen Bereichen geradezu notwendig für denjenigen, der die Jugend des Landes unterrichten will. Ich war allerdings streng, denn ich bin der Meinung, dass Schüler den Lehrer nicht als zusätzlichen Kumpel brauchen, sondern als Lehrmeister. Der Lehrer hat im Unterricht zu bestimmen, und nur wenn er das tut, wird er anerkannt. In Island herrscht eine Krise in Sachen Erziehung. Der Großteil der Nation interessiert sich nicht für die Erziehung. Kinder wachsen genau so unbeaufsichtigt auf wie die isländischen Schafe, die einfach herumstreunen, und diese Erziehungsmethode, die alle Konflikte vermeidet, zeitigt jetzt ihre Folgen. Eltern reden permanent darüber, dass sie ihr Bestes tun. Es ist aber eine Tatsache, dass sie nicht ihr Bestes tun. Kinder passen nicht in das Lebensmuster, das erwachsene Isländer sich angeeignet haben.

Du gehörst dann in diese Gruppe, denn du hast wohl keine Kinder.

Ich habe keine Kinder, aber die Erziehung anderer Kinder, unter anderem deiner, ist mir aufoktroyiert worden. Wenn diese Kinder zu uns in die Schule kommen, können sie weder mit Messer und Gabel umgehen, noch kennen sie das Vaterunser, können einen Raben nicht von einem Adler unterscheiden, einen Löwenzahn von einer Butterblume, eine Miesmuschel von einer Kammmuschel. Sie glauben, dass die Sonne im Westen aufgeht. Du tätest besser daran, deine Kinder zu erziehen, mein Lieber, statt hier im Rundfunkhaus herumzulungern und dir Nachrichten über betrunkene Jugendliche in der Innenstadt aus der Nase zu ziehen. Du tätest besser daran, die wenigen Minuten, die du erübrigen kannst, mit deinen Kindern zu verbringen und ihnen etwas über Sinn und Zweck des

Lebens beizubringen. Hör doch auf, mich so anzuglotzen, du Idiot.

Wie blöd diese Journalisten sind. Sie sind nicht zu retten. Solche Menschen stoßen die Leute bloß vor den Kopf. Wahrscheinlich wäre es nicht ratsam, in einer solchen Sendung aufzutreten, vermutlich würde ich mich nicht beherrschen können, wenn die Rede auf die Erziehungskrise der Nation käme. Aber jetzt bin ich in Aufruhr. Wie soll ich da wieder einschlafen?

Papa las mir abends Märchen vor, als ich klein war. Ich schlief schon nach der ersten Seite ein, denn seine Stimme war so einschläfernd. Es wäre wunderbar, wenn man jetzt einen guten Vorleser am Bett sitzen hätte.

Thór, das Kind hat überhaupt kein Interesse für Dichtung, sie schläft sofort ein, wenn du anfängst zu lesen.

Mach dir keine Sorgen, das Interesse an Literatur kommt später.

Nein, ich kenne Thórsteina, sie wird kein Interesse entwickeln. Kannst du dich erinnern, was geschah, als wir sie in die Flötenstunde schickten? Sie schlich sich mit der Flöte auf die Toilette, schraubte sie auseinander und füllte sie mit Wasser. Das ist doch wohl nicht normal. Es ist nicht normal, kein Interesse an Musik und Geschichten zu haben.

Sprich nicht so laut, Frau, sie könnte aufwachen.

Nein, Thórsteina wacht nie auf. Sie wird nie zu den Frauen gehören, die sich nachts schlaflos im Bett wälzen.

Merkwürdig, dass ich heute Nacht aus schönem Schlummer hochgeschreckt bin. Das sieht mir überhaupt nicht ähnlich. Diese Erfahrung lehrt mich, den Schlaftablettenkonsum meiner

Mutter zu verstehen. Aber was hat sie wach gehalten? Lag das in der Familie? Oder hatte sie ein Geheimnis, von dem ich nichts wusste?

Es war natürlich mein Bruder gewesen, der mein Interesse für Musik zerstört hat, aber das wusste Mama nicht. Was für eine Qual, dem Jungen zuzuhören, wenn er auf dem Klavier herumhämmerte. Mir läuft es immer noch kalt den Rücken herunter, wenn ich daran denke. Das Geklimpere verhinderte jeglichen sozialen Kontakt zwischen uns, das steht für mich fest. Hätte er damit aufgehört, würde ich ihn jetzt nicht so sterbenslangweilig finden. Gott sei dank ist er in Schweden gut aufgehoben. Trotzdem ist es schade, dass wir irgendwie nie zueinander gefunden haben, denn er ist nicht weniger begabt als ich, davon kann man wohl ausgehen, wo er doch promoviert ist.

Erstaunlich, was für einen Krach Männer immer machen müssen. Sie werden unruhig, wenn sie nicht hämmern, klopfen, bohren, nageln, graben oder meißeln können. Jeglicher Radau ist mit Männern verbunden. Sämtliche Geräte, die Krach machen, sind von Männern erfunden worden. Ihrer Meinung nach können sie nichts Sinnvolles tun, ohne dass es mit Lärm verbunden ist. Hier ist ein Mann am Werk, hört, hört.

Ich habe Glück, dass bei mir im Haus ein Mann wohnt, der nicht den blassesten Schimmer von Musik versteht. Der Lärm, den er bei seinen Verrichtungen außer Haus verbreitet, reicht aus.

Nachdem ich Hallgrímur den Laufpass gegeben hatte, habe ich kaum je Musik gehört. Das Gesäge und Gequietsche seiner Kompositionen war so entsetzlich, dass ich mir eigentlich fast sicher bin, dass es Mamas Tablettenkonsum angekurbelt hat, um in der oberen Wohnung nicht den Verstand zu verlieren.

Trotzdem beklagte sie sich niemals bei ihrem Schwiegersohn. Sie war keine Frau, die sich bei Männern beklagte. Sie wollte sich ihre Gunst nicht verscherzen. Aber ich glaube, sie war ziemlich froh, als ich seine Instrumente wegschaffen ließ. Schweigen legte sich über das Haus. Danach gingen wir in Ruhe und Frieden unseren Verrichtungen nach. Sie oben, ich unten, Das war eine gute Zeit. So groß war die Stille, dass ich überhaupt nicht bemerkte, wie sie sich eines Tages in himmlischen Frieden verwandelte. Als ich wie gewöhnlich um die Kaffeezeit nach oben ging, saß Mama tot in ihrem hellbraunen Sessel. Sie hatte geraucht. Sie rauchte gern hin und wieder mal einen Zigarillo, genau wie ich. Die Glut war erloschen, aber sie hielt den halb gerauchten Zigarillo so fest zwischen den Fingern, dass es Kraft kostete, ihn loszubekommen. Sie hat ihn wohl mit ins Himmelreich nehmen wollen.

Schön, so zu sterben.

In Ruhe und Frieden rauchend.

Jetzt gelüstet es mich nach einem Zigarillo. Das bedeutet, dass ich aufstehen und ins Arbeitszimmer gehen muss. Es widerstrebt mir, so wie die Dinge liegen. Wenn ich jetzt anfange herumzukramen, ist es ausgeschlossen, dass ich wieder einschlafe, und außerdem ist es unangebracht, außerhalb der Rauchzeiten zu rauchen.

Ich bleibe liegen. Schließe die Augen und lausche der himmlischen Stille. Vielleicht darf ich in dieser Haltung sterben, Weltverdruss bringt mich sowie um.

Habe ich Tropfen ins Waschbecken fallen hören? Habe ich den Wasserhahn nicht zugedreht, nachdem ich heute Morgen Kaffee gekocht hatte? Das wäre ein Schock für Stígur, wenn hier alles unter Wasser stünde. Bin ich nicht gezwungen, aufzustehen und einen Kontrollgang für den Kerl zu unternehmen?

Dort stehen unsere Autos herum, sehen irgendwie bemitleidenswert aus, wie mir scheint, denn niemand hat sich heute um sie gekümmert. Es wäre zwar verlockend, ins Blaue zu brettern, das Fahren zu genießen, sich auf den Asphalt zu konzentrieren und die Leute in den Raststätten zu beobachten, aber ich kann diesem Impuls unmöglich nachgeben. Ich könnte in diesem unausgeschlafenen Zustand einen Unfall bauen. Das wäre ja noch schöner. Es hätte mir gerade noch gefehlt, im Krankenhaus zu landen und sich von Unbekannten anfassen lassen zu müssen. Es ist eine Sache zu sterben, aber eine ganz andere, Krankenhauspersonal in die Klauen zu geraten.

Da ziehe ich ein geruhsames Sterben hier zu Hause vor.

Habe ich überhaupt schon die Todesanzeigen in den Zeitungen gelesen? Lass mal sehen, du liebe Güte, nein, da ist doch tatsächlich ein Interview mit dieser Gans, die in der Schule noch nicht einmal das kleine Einmaleins beherrschte, und die will jetzt Informatikerin sein? Wo sie wohl wohnt? Wo habe ich das Telefonbuch hingelegt? Mal sehen. Sigrídur, Sigrídur, ja hier, Jónsdóttir, Informatikerin, nanu, wohnt sie in diesem alten Viertel? Ob sie da eine ganze Wohnung besitzt?

Ich habe nicht vor, dieses Interview zu lesen, habe keine Lust, den Stuss zu lesen, den die Leute verzapfen. Unglaublich, wie die Leute von sich reden machen müssen, stellen sich unentwegt für Interviews in Zeitungen und Zeitschriften zur Verfügung, um dann auch nicht das Geringste zu sagen zu haben. »Ja, ich habe so eine gute Erziehung genossen, meine Eltern liebten Musik über alles und haben oft für uns Kinder gesungen, und ich kann mich auch an meinen Lehrer erinnern, der uns Kindern Gedichte und Geschichten vortrug und uns zu Taten anspornte und blablabla.«

Nein, ist der gestorben? Der Ärmste.

Und die da? Halt, ist das nicht Anna, die Schwester von Leifur, der in der gleichen Straße wie ich wohnte? Mit wem war sie wieder verheiratet? Ja, sie hat in Fossvogur gewohnt. Aus den Nachrufen geht nicht hervor, woran sie gestorben ist. Das finde ich ja eigentlich das Mindeste, in ein paar Worten zu erwähnen, woran die Leute sterben, sonst glaubt man, sie hätten Selbstmord begangen.

Nach solcher Lektüre muss man sich unbedingt einen Zigarillo genehmigen. Ich werde mich wohl ins Arbeitszimmer schleichen, obwohl das Räucherstündchen noch lange nicht ansteht. Wer weiß, ob sich das irdische Dasein nicht mit ein bisschen Gift verkürzen lässt.

Sind diese Weiber tatsächlich immer noch zugange, und es ist doch schon bald fünf? Müssen die nicht samstags bei sich putzen? Die wollen wohl das ganze Wochenende da herumhängen? Unerhört, wie die Leute alles vernachlässigen. Bei denen zu Hause sieht es bestimmt grauenvoll aus.

Die Topfblumen nehmen mir allmählich die Aussicht. Ich kann sie aber trotzdem nicht wegtun, denn dann könnten womöglich andere meinen Kopf und das Fernglas sehen. Ich habe auch etwas dagegen, dass die Leute bei mir zum Fenster hineinschauen können. Hinein in mein Heiligtum.

Wörterbücher, wohin das Auge blickt. Das älteste von achtzehnhunderteinundsechzig. Fransk-dansk og dansk-fransk Haand Ordbog. Til Brug for begge Nationer. Fünfhunderteinunddreißig Seiten. Dreihundertvierzig Gramm. Ob es wohl noch so eine

Wörterbuchsammlung wie meine in Privatbesitz gibt? Diese Sammlung wäre in der Tat Stoff für ein Interview. Aber daraus wird nichts, vielen Dank, ich bin nicht der Typ, der sich vor der gesamten Nation entblößt.

Hier ist niemand hereingekommen, solange ich zurückdenken kann. Das Zimmer ist zu, wenn ich Gäste habe. Es kann aber sein, dass Steinvör hineingeschaut hat, als sie damals die eine Nacht bei mir verbrachte. Während ich in der Schule war. Allerdings hat sie meine Sammlung mir gegenüber nicht erwähnt. Bestimmt hat sie da hineingeguckt. Man schaut sich alle Zimmer an, wenn man allein in einer unbekannten Wohnung ist. Sie ist einfach bloß neidisch geworden und wollte mir deshalb nicht den Gefallen tun, meine Bibliothek zu loben. Dann hat sie meinen Schreibtisch gesehen und alle Besitztümer. Hat meinen teuren Computer gesehen, die ausländischen Zeitungen und die didaktische Literatur. Hat gesehen, wie gut ich mich fachlich auf dem Laufenden halte. Vielleicht hat sie Minderwertigkeitskomplexe bekommen und ist deswegen so Hals über Kopf abgehauen. Ich kann mich nicht daran erinnern, ob die Arbeitshefte der Schüler damals so auf dem Schreibtisch lagen wie jetzt, aber falls das der Fall war, hat sie ebenfalls gesehen, wie gewissenhaft ich bin. Lagen sie auf dem Schreibtisch?

Ein scheußlicher Stapel.

Ich muss blöd sein, dass ich so etwas mit nach Hause nehme. Der ganze Tag geht morgen damit drauf. Das kriegt man nicht extra vergütet, so viel steht fest. Außerdem ist es den meisten vollkommen gleichgültig, ob dieser Quatsch korrigiert wird oder nicht. Bei denen, wo Aufgaben fehlen, werde ich für jede Aufgabe, die fehlt, die Noten gehörig heruntersetzen. Für jedes einzelne Blatt. Die werden schon sehen, dass sie bei Thórsteina damit nicht durchkommen.

Meine Kollegen wundern sich oft, wie gut meine Schüler arbeiten. Sie haben keine Ahnung von meinen Methoden. Mir würde es auch nicht einfallen, ihnen davon zu erzählen. Das könnte mein Image als Frau von Welt ruinieren. Ich darf nicht die anerworbene Eleganz verlieren.

Es würde ihnen aber trotzdem gut tun zu sehen, wie ich mit den schlimmsten Flegeln umgehe. Wie beispielsweise, als die Fernsehreklame fast nur noch aus Spots für Damenbinden bestand. Da fanden es die Typen angebracht, obszön zu werden.

Ein sechzehnjähriger Schlaks, einsachtzig groß und mit einem Milchbart im grinsenden Gesicht, saß breitbeinig da, hatte die Hände auf der Brust gekreuzt und sagte träge, aber vernehmlich, vor der ganzen Klasse: Thórsteina, welche Damenbinden benutzt du?

Die Klasse kicherte natürlich.

Ich stand eine Weile unbeweglich da und schaute intensiv auf den Boden. Einen Moment überlegte ich, ob ich es ihm durchgehen lassen sollte, mich auf diese Weise zu erniedrigen. Aber da ich mich nicht an Respektlosigkeit gewöhnt habe wie die meisten Lehrer heutzutage, tat ich, als könnte ich mich nicht so genau erinnern: Ach, wie heißen die denn noch, die in den gelben Packungen, du weißt, die mit der hervorragenden Haftfähigkeit, die sich so gut anschmiegen, guck mal, ich trage gerade so eine, siehst du was?

Drehte ihm dann meinen Allerwertesten zu und strich mir leicht über die Pobacken.

Der Flegel vergrub sich in den Schulbüchern und machte den Rest des Schuljahrs die Klappe nicht mehr auf.

Ich dachte lange über diesen Vorfall nach, wie er dazu kommen konnte, seine Lehrerin zu fragen, welche Sorte Damenbinden sie benutzt. Wurde ihm das zu Hause beigebracht, Lehrern gegenüber respektlos zu sein? Wo hat er dieses Benehmen gelernt?

Ich erinnere mich auch an einen anderen Vorfall, der vielleicht nicht so grob war, weil er sich nicht gegen meine Person richtete, aber anzüglich war es trotzdem. Immer dieselbe Geschichte, man durfte nicht auf den Mund gefallen sein, um sich nicht unterkriegen zu lassen. Da leierte so ein Rabauke einen englischen Text herunter, gab sich äußerst nachdenklich und fragte dann: Thórsteina, was bedeutet das noch wieder in diesem alten Song von den Stones: I can't get no satisfaction?

Die Klasse quiekte. Es bedeutet, dass ich keinen Orgasmus bekommen kann, sagte ich laut und geradeheraus. Schaute ihn dann besorgt an und senkte die Stimme: Hast du vielleicht irgendwelche Probleme damit?

Absichtliche Unverschämtheit beiderseits.

Nach und nach sprach es sich herum, dass Thórsteina sich zu wehren wusste und alles anderes als ein leichtes Opfer war.

Eine andere Sache aber ist es, wenn die Respektlosigkeit spontan hervorbricht und man begreift, dass sie selbst keine Schuld an ihrer schlechten Erziehung haben. Wenn man spürt, dass es ihnen nicht gut geht, weil sich zu Hause niemand um sie kümmert. Dann sollte man möglicherweise weichere Töne anschlagen. Wie beispielsweise einmal, als so ein Rabauke in jeder Stunde Rabatz machte. Ich schenkte dem zunächst keinerlei Beachtung, aber als er mich eines Tages anknurrte, ob ich schwerhörig sei, hä, machte ich ihn kopfscheu. Genauer gesagt, ich nahm seinen Kopf zwischen die Hände und streichelte ihn, schaute ihm tief in die Augen und fragte sanft: Geht es dir vielleicht nicht gut, mein Lieber? Nanu, warum wirst du denn so rot? Schau mir doch in die Augen, du hast so schöne Augen, unglaublich, was für schöne Augen du hast.

Danach gab dieser Bursche keinen Mucks mehr von sich, vielmehr glubschte er mich für den Rest des Winters mit seinen schönen Augen unverwandt an.

Berührung entwaffnet.

Sie sehnen sich nach Berührung, aber nur wenige Erwachsene gelüstet es danach, sie anzufassen. Aus verständlichen Gründen vielleicht. Das süße kleine Pummelchen, das alle drücken und knutschen wollten, hat sich in wenigen Jahren in einen schweißigen, ungeschlachten Wechselbalg verwandelt. Die Seele in Aufruhr, duftet sie noch nach kindlicher Unschuld, kämpft aber schon mit dem Gestank des Bösen. Ich muss mich oft zusammenreißen, um nicht laut loszulachen, wenn dieser Kampf zwischen Kind und Erwachsenem sich bei ihnen bemerkbar zu machen beginnt. Besonders lustig ist es, hünenhafte Halbstarke o-beinig auf den Stühlen hängen zu sehen.

Ich weiß nicht, ob sie womöglich merken, wie sehr ich mich manchmal über sie amüsiere.

Oft habe ich gelogen, damit diese armen Seelen sich besser fühlen. Habe kleinen Fettklößen zugeflüstert: Wie gut du riechst, so frisch.

Viele schwierige und unansehnliche Jugendliche haben deswegen die Lehrerin Thórsteina geliebt und angebetet. Alte Schüler grüßen sie ehrerbietig auf der Straße und ebnen ihre Wege im Verwaltungssystem. Besonders die Jungen, habe ich bemerkt. Ich habe auch mehr für sie übrig. Mädchen tendieren dazu, einem mit aalglatter Bösartigkeit hinterrücks zu kommen. Die jahrhundertelange Unterdrückung der Frau macht sich auf diese Weise bemerkbar. Einige sind aber trotzdem treu wie Gold und nett, das muss ich zugeben. Aber viele sind wirkliche Luder.

Und dann kam die Sache mit der roten Kladde.

Als die rote Kladde in diesem Herbst in der berüchtigten Chaotenklasse umging, zwangen mich die Umstände dazu, einzugreifen. Meine Ehre als Lehrerin stand auf dem Spiel. Die Unverschämtheiten waren auch direkt gegen meine Person gerichtet.

Mädchen schwätzen in der Stunde und schicken einander Zettelchen. So ist es schon seit jeher gewesen, ich war in meinen Jugendjahren auch keine Ausnahme. Das Austauschen von Zettelchen gehört zum Reifungsprozess bei Mädchen, und deswegen bin ich nicht dagegen eingeschritten. Bis die rote Kladde auftauchte.

Es war wirklich störend, diese feuerrote Kladde in jeder Stunde durch die Bänke gehen zu sehen und das Flüstern und Kichern zu hören, das damit verbunden war.

Komisch, wie lange man Nachsicht zeigt, bevor das Fass zum Überlaufen kommt.

Nach dem Videounterricht, der die Geduld strapazierte, ließ ich sie ein englisches Diktat schreiben. Ein Diktat bedeutet eine gewisse Entspannung. Ich ging ruhig durch die Klasse, während ich jeden Satz dreimal vorlas. Tat, als sähe ich nicht, wie die rote Kladde durch die Klasse ging. Plötzlich verlor ich die Geduld. Blitzschnell schnappte ich mir das Heft, als es gerade zu einem Mädchen weitergereicht wurde, öffnete es und las laut: »Die Alte guckt mich an, ich muss jetzt aufhören. Dieses Luder hat mir in Englisch ne fünf gegeben. Die kreischt wie ne Furie. Echt ungeil. Sollen wir sie fertig machen? Yes, let's cook her down.«

Meine Reaktion war wie gewohnt schnell.

Da haben wir ein interessantes Wort, sagte ich und gab mich begeistert. Cook down, okay, kochen, to cook or to boil, aber einkochen bedeutet to preserve, meine Damen, nicht to cook down, hingegen: es kochte in ihr, die Wut beispielsweise, she was seething with rage, am besten schreibe ich das an die Tafel für diejenigen, die schwer von Kapee sind, und wir können dann weitermachen, es kochte über …

In mir kochte der Zorn. Was hatte ich diesen angepinselten Mädchen getan, außer ihnen nach bestem Vermögen Englisch beizubringen? Wann hatte ich ihnen je etwas anderes gezeigt als Höflichkeit?

Ich war echt ungeil. Und ich war ein Luder. Wussten sie, was das Wort bedeutet?

Yes, Luder, fuhr ich fort. Let us see, we could use beast, hussy, ja ich sehe, diese Kladde hat es in sich, viele interessante Vokabeln, die euch im täglichen Leben zugute kommen werden, deswegen wollen wir jetzt mal gemeinsam versuchen, die Sätze ins Englische zu übersetzen und aufzuschreiben. Ja, und dann noch die Furie, auf Englisch heißt sie fury, ich kann mich nicht erinnern, wie sie auf Französisch heißt, das spielt ja vielleicht auch keine Rolle, aber das Wort müsst ihr können, denn sie wird noch ganz schön auf euch herumhacken, so viel steht fest.

Ich zeigte ihnen, wie Furien sich verhalten. Ich las sämtliche Geheimnisse der roten Kladde vor. Wer gelogen hatte, wer geklaut hatte, wer knülle gewesen war, wer mit wem geschlafen hatte, wer einen großen Busen und wer einen kleinen Pimmel hatte.

Lähmende Stille senkte sich über die Klasse. Ich hätte mich genauso gut auf einer Beerdigung befinden können.

Nach dieser Lesung hatte ich die Lust am Leben verloren.

Die Besitzer der roten Kladde blickten mich hasserfüllt an, und einen Augenblick kam es mir in den Sinn, dass jetzt eine Abrechnung bevorstünde. Dann vergaß ich es wieder.

So vieles, was in Vergessenheit gerät. Glücklicherweise.

Über was habe ich noch gesprochen? Ja, Wörterbücher. Arbeitshefte.

Was für ein scheußlicher Stapel.

Heutzutage nimmt kein normaler Lehrer mehr so einen Stapel mit nach Hause. Warum tu ich das? Weil ich kein Gramm nachgebe. Bei mir werden sie rangenommen.

Ich habe keine Kraft, jetzt die Hefte zu korrigieren. Ich werde stattdessen in ein paar Wörterbüchern blättern, solange ich darauf warte, dass diese Weibsbilder herauskommen. Ich hab sie immer noch nicht richtig von vorn gesehen.

Bin ich eingenickt? Das darf doch nicht wahr sein. Lag ich hier seibernd über Wörterbüchern? Wie beschämend. Das Nikotin hat mir die Sinne benebelt. Ich hätte mir lieber schon früher einen Zigarillo genehmigen sollen, dann wäre ich schon gleich nach Mittag eingeschlafen. Wie lange habe ich geschlafen, wie spät ist es? Und ich muss noch die Temperatur ablesen, und ich habe die Weiber verpasst und, verdammt nochmal, die Nachrichten! Ich habe die Sechsuhrnachrichten verpasst!

Aber die Fernsehnachrichten kriege ich noch mit.

In Wörterbücher seibern. Unmöglich.

Acht im Süden.

Sieben im Norden.

Acht im Osten.

Ich kann mich nicht dazu aufraffen, jetzt diesen Kram abzuwaschen. Ich habe auch einen steifen Nacken, weil ich so am Schreibtisch gelegen habe. Am besten mache ich mir die Reste der Pizza von gestern warm und versuche, sie mir hineinzuzwingen, während ich fernsehe. Mist, keinen Sprudel zu haben. Ich muss also nochmal ins Bad, um mir Wasser zu holen.

Wie sehe ich bloß aus? Ich habe Ringe unter den Augen, das ist eine Tatsache. Und der Bademantel hängt wie ein Putzlappen herunter. Ich bräuchte mehr französische Bademäntel, mehr sage ich nicht. In diesem Alter sollte man niemals in den Spiegel blicken, ohne sich zurechtgemacht zu haben. Jetzt fangen die Nachrichten an.

Diesen Nachrichtensprecher kenne ich, er war früher mal in unserer Schule. Der ist ja auch nicht mehr der Jüngste. Wo er wohl wohnt? Wo ist das Telefonbuch? Jóhann, Jóhann, ach so, er wohnt in Hafnarfjördur. Der hat es ja ganz schön weit zur Arbeit. Naja, vielleicht auch nicht. Die Meldung wird wohl ganz zum Schluss gebracht, oder was? Als ob es völlig bedeutungslos für die Gesellschaft ist, wenn Leute vermisst werden. Das wäre die erste Nachricht bei mir, wenn ich Nachrichtenredakteur wäre.

Das Wetter? Jetzt kommen die Wetternachrichten. Keine Suchmeldung. Als ob nichts geschehen wäre, und bald sind anderthalb Tage vergangen. Haben die Angehörigen immer noch keine Verbindung mit der Polizei aufgenommen? Oder haben sie es getan, und die Polizei hält diese Informationen zurück? Wer hat wen nicht benachrichtigt?

Schön und gut. Wenn es das ist, was die Leute wollen, dann können sie mich mal. Wenn der Gesellschaft ihre Mitglieder egal sind, dann ist es mir auch egal.

Gesellschaft. Was ist Gesellschaft? Was steht im isländischen Wörterbuch darüber?

Ich mach diesen Quatsch aus. Ich bin nicht in der Laune, mir Damenbindenreklame anzusehen.

Gesellschaft, ja. Lass mal sehen, ja. Gesellschaft ist eine Gruppe Menschen, die in geordneten gesellschaftlichen Strukturen leben.

Nichts weniger als das. Das soll wohl ein Scherz sein? Geordnete Strukturen in Island? Das ist ja ganz was Neues. Wissen die nicht, dass Schlendrian in Island eine Tugend ist? Wissen sie nicht, dass hier anerkannte Disziplinlosigkeit herrscht? Wissen sie nicht, dass wir unsere Gesellschaft spannend haben wollen, wir Isländer, dass wir gestresst und abgehetzt sind, dass wir einander in Bezug auf die teuersten Autos und die tollsten Reisen übertrumpfen und uns gegenseitig auf die Füße treten müssen, weil wir alle weltberühmt werden wollen? Wir sind immer noch auf der Jäger- und Sammler-Stufe, drängeln uns in Ellenbogenmanier zu Ruhm und Ansehen, und organisierte Nationen werden zu unseren Füßen kriechen!

Die Gesellschaft hat einen Tumor. Verrottet von innen heraus.

– Verrottet da etwas bei dir, Thórsteina?

– Nein, wir haben keinen Tumor.

– Im Haus, verrottet da nichts?

– Höchstens die Essensreste, die ich mir aufgewärmt habe.

– Aber im Keller, verrottet da irgendetwas?

– Das kann sein. Im Keller hat meine Seele im Dunkeln verweilt. Ist verbleicht, gestorben, verwest.

Es ist dunkel geworden, während ich eingenickt war. Die Stadt hat ihre Lichter angezündet. Wann wird es endlich abends wieder hell? Ist das Frühjahr nicht im Anmarsch?

Was mache ich eigentlich hier? Sollte ich nicht dort sein, wo der Duft lavendelblauer Äcker meine Sinne erfüllt, wo ein wolkenloser Himmel das Meer in herrlichem Blau schimmern lässt?

Ich glaube, meine Zeit ist gekommen. Hier habe ich nichts mehr verloren.

Das blaue Kleid, das weinrote Kostüm, die graue Jacke, der schwarze Rock, das schwarze Kleid, nein, ich glaube, das schwarze Kleid nehme ich nicht mit, da unten im Süden ist Frühling, es ist viel wichtiger, dieses gelbe hier einzupacken, alle französischen Frauen tragen im Frühling gelbe Kleider. Mehr schicke Sachen nehme ich nicht mit, es ist ja nicht so, als wäre man da unten im Süden ständig auf irgendwelchen Empfängen. Diese französischen Frauen sind aber immer so smart, und man kann es sich nicht leisten, hinter ihnen zurückzustehen. Zwei Koffer sollten genügen, mit mehr kann ich mich nicht abschleppen.

Was für ein Glück, dass ich nicht lange auf den Anschlussflug nach Paris warten muss. Mist, ich hätte einen Flug von Paris nach Marseille buchen sollen, um mich nicht mit den Koffern auf dem Bahnhof abquälen zu müssen. Wie konnte ich so blöd sein? Ach was, ich rufe einfach noch einmal an. Lass mal sehen, ich ziehe den roten Popelinemantel an und nehme den blauen Mantel mit, nein, ich brauche keine zwei Mäntel, es wird Frühling.

Louis wird bestimmt erstaunt sein, mich zu dieser Jahreszeit zu sehen, und froh. Es sei denn, dass er sich eine andere Geliebte zugelegt hat. Das sähe diesen Franzosen ähnlich.

Aber dadurch lasse ich mich nicht aus dem Gleichgewicht bringen. Oder lasse mir meine Pläne durchkreuzen. Thórsteina Thórsdóttir hat eine Entscheidung gefällt.

Kündigt.

Adieu.

Die können mich da in der Schule. Am Arsch lecken.

Meine unerschütterliche Ruhe in Schicksalsstunden ist bewundernswert. Entscheidung gefällt. Maßnahmen getroffen und in die Tat umgesetzt.

Keine nachträglichen Bedenken.

Heute verabschieden wir uns von einer hervorragenden Lehrkraft. Thórsteina Thórsdóttir und ich haben mehr als ein Jahrzehnt zusammengearbeitet, und niemals ist auch nur ein Schatten auf unsere Zusammenarbeit gefallen. Thórsteina war eine ambitionierte Lehrerin und ging ihrer Arbeit mit Hingabe nach. Von den Schülern wurde sie bewundert und von ihrem Kollegium geschätzt. Obwohl sie sich im Lehrerzimmer nicht in den Vordergrund drängte, stand sie doch aufgrund ihrer glanzvollen Erscheinung und ihrer scharfsinnigen Bemerkungen immer im Mittelpunkt. Sie hatte eine klare Meinung über alles und machte es uns sehr bald klar, dass wir uns als Lehrer von der Vernunft leiten lassen müssen, denn wir sind ja schließlich Fachkräfte. Gefühle gehörten ausschließlich in Romane und Gedichte. Wenn wir im Lehrerzimmer über Dichtung sprachen, machte sie keinen Hehl daraus, dass Literaten es sich zum Ziel gesetzt hätten, Gefühle zu evozieren, die dem Menschen nicht eigen seien. Und obwohl sie nicht viel auf Literatur gab, war sie hier wie auf allen anderen Gebieten immer bestens informiert. Ihre Bemerkungen riefen nicht selten Heiterkeit hervor, und ich erinnere mich an ihre Ansichten über das Leben nach dem Tod. Sie erklärte, dass sie keine Lust hätte, im Jenseits tatenlos unter lauter Unbekannten herumzuhängen. Sie könnte sich allerdings mit einem Leben nach dem Tod abfinden, falls sie im Jenseits mit geistig hoch stehenden Franzosen

Rotwein trinken könnte. Wir, ihre Kollegen im Diesseits hoffen, dass dieser ihr Wunsch in Erfüllung gehen möge.

Ich werde die im Lehrerzimmer noch vermissen, die waren schon ganz in Ordnung, diese Weibsbilder. Zeigten Standesbewusstsein und Unterwürfigkeit. Gingen gebückt durch Schulkorridore und achteten darauf, unverschämte Schüler nicht zu tadeln oder ihre Telefongespräche während des Unterrichts zu stören, damit ihnen nicht ein Disziplinarverfahren angehängt würde. Opferbereit und fürsorglich.

Gewiss werde ich einige von ihnen vermissen.

Doch alle Reisenden müssen hin und wieder Halt machen und auf die Landkarte schauen, wollen sie sich nicht verirren. Wenn sie immer blindlings ins Blaue hineinfahren, laufen sie Gefahr, nach Norden zu fahren statt nach Süden. Ich fahre nach Süden und warte nicht darauf, im Herbst von den Küstenseeschwalben mitgenommen zu werden. Ich bin schon lange fort, bevor ihr freches Gekreisch vom Meer herüberdringt.

Ich kann hier nicht so im Bademantel herumgeistern wie eine Angehörige der englischen Unterschicht. Jetzt muss ich logisch denken, mich hinsetzen und planen. Das sollte mir nicht schwer fallen, das war immer meine starke Seite. Erstens, fertig packen. Zweitens, Papiere, Geld und Pass zurechtlegen. Drittens, ein Bad nehmen und die Beine rasieren. Viertens, mit einem Wörterbuch ins Bett gehen.

Was für ein Glück, dass die Maschine erst morgen Nachmittag geht, es ist so unangenehm, mitten in der Nacht aufstehen zu müssen, nur um rechtzeitig ein Flugzeug zu erreichen. Ich werde aber trotzdem dem Rektor erst am Montag mein Fernbleiben mitteilen. Tue so, als riefe ich aus Schweden an. Mein

Bruder ist schwer krank, ganz plötzlich, Herzanfall, ich die einzige Anverwandte, muss selbstverständlich bei ihm sein. Die Mädels werden staunen, Thórsteina auf einmal in Schweden, das arme Mädchen, ihr Bruder schwer krank, die einzige Anverwandte. Was wird Stígur wohl sagen, wenn er meinen Zettel sieht: Lieber Stígur, ich musste nach Schweden, weil mein Bruder krank ist, du kümmerst dich vielleicht in der Zwischenzeit um meinen Jeep. Der wird sich freuen. Kriegt den Jeep und alle Zeitungen. Wer wird wohl für mich unterrichten?

Ich bin dem Rundfunk außerordentlich dankbar, dass samstagabends so altmodische Tanzmusik gespielt wird, das passt gut zu meinem Bad. Ich würde mitsingen, wenn ich singen könnte. Ich werde zwei Tage in dem Hotel in Marseille bleiben, bevor ich mich bei Louis melde. Werde ein bisschen herumspionieren, bevor ich Verbindung aufnehme. Ich müsste ziemlich schnell herausbekommen, ob eine Frau in seiner Wohnung ist. Seinem letzten Brief zufolge scheint das aber nicht der Fall zu sein. Aber auf Männer ist kein Verlass. Wie lange ist es eigentlich her, dass ich mir die Beine rasiert habe? War es nicht in der letzten Woche? Wie das Zeug wächst. Natürlich hätten Louis und ich uns schon längst ans Internet anschließen lassen können, dann hätten wir jederzeit miteinander plaudern können. Ich hätte mir einen Anschluss zugelegt, wenn er das getan hätte. Auch wenn ich irgendeinen Computerfritzen in mein Heiligtum hätte einlassen müssen, damit er das Modem in meinen teuren Computer einbauen kann. Aber was soll's, jetzt kaufe ich mir einfach eine Wohnung in seiner Nähe, und wenn es mir gefällt, kaufe ich mir noch eine in einem kleinen Dorf am Mittelmeer und verkaufe meine Wohnung hier. Stígur wird staunen. Wahrscheinlich schenke ich ihm einfach den Jeep. Es wird herrlich sein, in dieses milde südliche Klima zu kommen. Ich habe es aber auch verdient, diese Schlaflosigkeit in der letzten Nacht kommt bestimmt von dieser permanenten Überlastung.

Nach dem schönen Bad habe ich bestimmt keine Probleme mit dem Einschlafen. Ich könnte mir denken, dass ich über einem Wörterbuch einschlafe, das hoffe ich stark. Ich habe etwas gegen schlaflose Nächte, wer nicht schläft, altert rasch. Wer einen französischen Liebhaber hat, kann es sich nicht leisten, zu altern. Habe ich bestimmt auch den seidenen Schlafanzug eingepackt? Doch, da links beim Reisebügeleisen. Nicht zu fassen, wie schlapp ich bin, aber trotzdem werde ich das Licht noch eine Weile brennen lassen und einen Blick in das Wörterbuch werfen, das ich gestern gekauft habe. Ich habe mir diese prima Illustrationen noch gar nicht angeschaut. Vielleicht sollte ich mir die Begriffe für die Lebensmittel vorknöpfen, ich vergesse sie immer wieder, obwohl ich mich beim Einkaufen noch nie blamiert habe. Gemüse beim Gemüsehändler, Fleisch beim Metzger, Brot beim Bäcker, Wein beim Weinhändler und Käse beim Kaufmann an der Ecke. Natürlich geht man in einem hübschen Kleid einkaufen. Aufgetakelt. Ich finde es schön, dass die Franzosen so viel Wert auf Äußerlichkeiten legen. Kommen sich vor, als stammten sie in direkter Linie von Ludwig dem Vierzehnten ab.

Lass mal sehen, tja, ich werde mich nie damit abfinden, dass das Buch keine Umschlagdeckel mehr hat. Ich werde nie das Erscheinungsjahr herauskriegen, falls ich nicht ein anderes Exemplar dieser Ausgabe in Frankreich finde. Die Suche könnte mich endlose Gänge von Buchhandlung zu Buchhandlung kosten. Was vielleicht nicht gar so übel ist, im Ausland tut man gut daran, sich mit anderen Dingen zu beschäftigen als nur zum Essen einzukaufen. Also hier. Légumes, Gemüse. Das wusste ich schon vorher. Pomme, Apfel. Konnte mich auch daran erinnern. Gut, solche Illustrationen zu haben. Bevor ich zum ersten Mal nach Frankreich fuhr, vor vielen Jahren und lange vor Louis, konzentrierte ich mich besonders darauf, die Bezeichnungen für Schnecken und Hummer zu lernen, um nicht Gefahr zu laufen, dieses ekelhafte Zeugs zwischen die Zähne zu kriegen. Escargot und homard. Lange Zeit waren das die einzigen Wörter, die ich behalten konnte. Aber als ich vor drei Jahren zum ersten Mal den ganzen Sommer dort verbrachte, konnte ich viele Seiten mit französischen Vokabeln, und diese Kenntnis ist mir oft zustatten gekommen, auch wenn ich nicht imstande war, diese Wörter zu Sätzen zusammenzubauen. Der Wunsch, mich in dieser Sprache unterhalten zu können, kam erst im vorigen Sommer auf, als ich bei Louis auf der Veranda saß und zuhörte, wie er seinen Freunden die Geschichte von der Lehrerin aus dem Dorf erzählte, die aus Liebeskummer gestorben war. Selbstverständlich wurde die Geschichte anschließend in Kurzfassung für mich übersetzt, aber es war klar, dass mir wichtige Details aus der Originalversion entgangen waren. Ich hatte den Eindruck, dass sie Selbstmord begangen hatte, bekam aber nie heraus, wie, wo und zu welcher Tageszeit. Als ich näher darauf eingehen wollte, war man schon zu anderen Themen übergegangen und hatte kein Interesse an weiteren Übersetzungen. Poire, Birne. Glace, Eis. Das kann ich behalten, das ist so einfach. Crotte de chocolat; Konfekt. Konfekt. Das erinnert mich an den letzten Silvesterabend, als ich eine ganze Schachtel auf einen Happs aß. Bevor ich mir angewöhnte, am Silvesterabend mit einer Schachtel Konfekt und einem neuen Wörterbuch früh zu Bett zu gehen, hatte ich immer

Angst vor dem Jahreswechsel. Moment mal, wie viele Wörter hatte ich schon? Nur fünf. Also, dann am Ball bleiben. Ich nehme mir zehn vor, genau wie immer, wenn ich zu einem Wörterbuch greife.

Zehn dahinter.

Zehn davor.

Hier liege ich mit aufgerissenen Augen wie ein alter Wachhund.

Wo sind die Diebe?

Seit Mitternacht sind zwei Stunden vergangen, und ich bin immer noch nicht eingeschlafen. Habe ich morgen auf dem Flughafen nicht rote Augen wie ein Goldhamster, wenn es so weitergeht? Was ist dagegen zu machen? Durch die Wohnung tigern, bis man müde wird?

Nächtliches Herumgeistern ist mir zuwider.

Und es ist völlig ausgeschlossen, dass ich jetzt anfange zu putzen. Gerade erst dem Bad entstiegen. Ich könnte ins Schwitzen geraten. Ich muss mir etwas zu trinken holen. Ich bräuchte dringend etwas Süßes. So geht es denen, die kurz vor dem Einschlafen Wörter für Süßigkeiten lernen. Crotte de chocolat. Hatte ich nicht noch so etwas? Ich steh jetzt auf.

Es ist schlecht für den Körper, nachts auf zu sein. Ich hole mir ein Glas Wasser und finde die Pralinen, die von der letzten Einladung übrig geblieben sind. Habe ich nicht die Schachtel vor mir selber zwischen den venezianischen Klöppelarbeiten versteckt?

Wer hat das ganze Konfekt gefressen?!

Die Schachtel stand offen mitten auf dem Tisch, und die Pralinen hockten drall und glänzend in ihren Manschettchen. Das Kerzenlicht kokettierte mit den Weingläsern, und die heißen Augen der Gäste spiegelten sich im Tafelsilber.

Arndís: Prost auf uns, Mädels. Nett von dir, Thórsteina, dass du dir die Mühe machst, uns zu so einem Galadiner einzuladen.

Thórsteina: Greift zu, ihr Lieben, nehmt euch Konfekt.

Droplaug: Wenn nicht mein Alter ewig zu Hause wär, hätte ich euch zu diesem Bankett einladen können.

Thórsteina: Nehmt euch Konfekt, ich bringe jetzt den Kaffee und die Liköre.

Steinvör: Wenn ich etwas anderes kochen könnte als Schellfisch, wärt ihr jetzt bei mir zum Essen.

Arndís: Ich könnte sowohl den Kerl rauswerfen als auch etwas anderes als Schellfisch kochen, tu aber weder das eine noch das andere, denn ich fühle mich hier bei Madame Thórsteina am wohlsten, bei ihr sind Essen, Weine und Klatschgeschichten auf höchstem Niveau. Prost.

Thórsteina: Wollt ihr nicht die Pralinen probieren, Mädels?

Steinvör: Doch, machen wir, aber du musst uns erzählen, was sich da gestern zwischen dir und dem jungen Mann abgespielt hat.

Thórsteina: Er hat sich die Reifen von meinem Jeep angeschaut.

Droplaug: Du lügst ja wie gedruckt, wir haben genau gesehen, wie intensiv ihr miteinander geredet habt, los, worüber habt ihr gesprochen?

Thórsteina: Wir haben über die Schüler gesprochen. Er hat Probleme mit ihnen, aber darüber wollen wir jetzt nicht reden.

Arndís: Wir wollen alles wissen, was diesen superattraktiven Mann angeht, auch wenn diese Gören etwas damit zu tun haben, und jetzt raus mit der Sprache.

Thórsteina: Die Clique in deiner H-Klasse, Droplaug, macht ihn fertig.

Droplaug: In meiner Klasse? Man könnte meinen, man wäre in einem Puff, wenn man da reingeht.

Puff. Droplaugs Wortschatz ist oft beneidenswert. Allerdings war mir auch etwas Ähnliches in den Sinn gekommen, als ich im Herbst in die Klasse kam, ich hatte mich aber weder bemüht, Worte zu finden, die das beschreiben konnten, was ich sah, noch hatte ich mit irgendjemandem darüber gesprochen. Um in meinem Beruf bei Verstand zu bleiben, nehme ich keine Notiz davon, wie die Schüler aussehen, zumal ich im Laufe der Zeit manch groteske Gestalt gesehen und schon lange aufgehört habe, mich zu wundern. Aber als ich diese Klasse betrat, graute es mir. Einen Moment lang war mir schlecht, wenn ich mich richtig erinnere.

Fünfzehnjährige kleine Mädchen saßen vor mir, in knallengen Hosen, Haare gefärbt, Augen schwarz umrandet, Lippen violett. Aus tief ausgeschnitten T-Shirts quollen Busen. Trotz des wilden Augenmake-ups konnten sie mich noch provozierend anschauen, und genau deswegen zeigte ich keinerlei Reaktion. Aber ich war konsterniert über die Veränderungen, die während des Sommers stattgefunden hatten, die halbe Klasse hatte völlig veränderte Gesichter. Einige waren kaum wieder zu erkennen. Bald stellte sich heraus, dass zwei dieser Mädchen die Führungsrolle übernommen hatten und statt ihrer Klassenkameradinnen antworteten, die sich vor lauter Unsicherheit duckten und kuschten. Ich blickte diesen Mädchen nach, wie sie in ihren engen Hosen, glänzenden Jacken und drei Kilo schweren Nagelstiefeln in die Pause gingen. Wie Dinosaurier stampften sie über den Schulhof, ohne nach rechts oder links zu blicken.

Und dann hießen sie ausgerechnet Viola und Iris.

Namen kann man für alles finden.

Ich bereitete mich auf einen harten Winter vor.

Zu meinem Glück waren die Rädelsführerinnen nur sporadisch anwesend und deswegen verlief der Englischunterricht zum größten Teil ohne Zwischenfälle. Bis zu dem Zeitpunkt, wo ich die rote Kladde konfiszierte. Man wusste, wie schlagfertig und scharfzüngig ich war, und in meiner Gegenwart hielt man sich zurück. Aus den Augen derer, die wegen guten Betragens und Lernerfolgen nicht dem Hofstaat dieser Grazien angehörten, konnte man aber oft herauslesen, dass es ihnen nicht gut ging. Ich sah ihnen ihre Erleichterung an, wenn sie mich eiskalt und respektgebietend den Gang entlangkommen sahen, und wenn ich die Klassentür öffnete, scharten sie sich um mich wie Eiderküken, die Schutz bei der Entenmama suchen.

Aber die Atmosphäre war unbestreitbar feindlich und nervenaufreibend. Nach vierzig Minuten bei diesen Wechselbälgern kam ich fix und fertig ins Lehrerzimmer. Ähnliches galt für meine Kollegen. Sie waren auch bass erstaunt, wie sehr sich die Mädchen im Laufe eines Sommers verändert hatten, und viele erwähnten in dem Zusammenhang die wilden Open-Air-Festivals Anfang August. Und ließen es dabei bewenden.

Wir haben so viel um die Ohren.

Deswegen ignorierten wir die besorgten Blicke des jungen Vertretungslehrers, die nach Neujahr auffälliger wurden. Er sang weiterhin Loblieder auf uns, wahrscheinlich, um im Zweifelsfalle Unterstützung bei uns zu finden, aber zwischendurch saß er wie abwesend da und runzelte die Stirn über seiner Kaffeetasse. Derartige Allüren waren nicht unbedingt nach unserem Geschmack, der Mann hatte uns gefälligst zu unterhalten.

An dem Tag, als er mir von seinen Nöten erzählte, war ich nach einem anstrengenden Tag auf dem Weg nach Hause. Ich sah, dass er mir in einiger Entfernung gefolgt war. Mich durchrieselte das übliche Prickeln, das Frauen befällt, wenn gut aussehende Männer ihnen nachstellen, und deswegen gab ich mir einen Ruck und stolzierte kerzengerade über den Parkplatz zu meinem Jeep. Ansonsten tat ich, als wäre ich tief in Gedanken versunken. Fummelte in meiner Handtasche nach dem Schlüssel und beeilte mich nicht, damit er auf jeden Fall Zeit hätte, mich einzuholen. Als er an meiner Seite stand, blickte ich erstaunt hoch und fragte, ob er mitgenommen werden wollte? Er schüttelte den Kopf, starrte dann in meine Handtasche und fragte mich, ob mir etwas gestohlen worden sei. Ich muss wohl wie ein wandelndes Fragezeichen ausgeschaut haben, denn er sagte dann mit Nachdruck, dass ich auf meine Tasche aufpassen müsste, in dieser Schule würde alles geklaut, was nicht niet- und nagelfest sei. Ich fragte ihn, was er eigentlich damit meinte, und dann erklärte er, er spreche über diese Kanaillen in der H-Klasse, die raubend und plündernd durch die Gegend zögen.

Du meinst die mit der Kriegsbemalung?, fragte ich, vermied es aber, hervorquellende Busen zu erwähnen.

Ich meine die und ihre Clique, sagte er. In der Schule passieren schlimme Dinge, und ich staune über die Gleichgültigkeit bei euch alten Paukern. Ihr solltet Verantwortung und Entschlossenheit an den Tag legen, um das Problem in den Griff zu kriegen.

Ich weiß nichts von irgendwelchen Diebstählen, sagte ich kurz angebunden, denn das Wort »alte« ging mir aus irgendwelchen Gründen auf die Nerven. Es war ja wohl auch überflüssig, über uns wie über eine ausgestorbene Tierart zu sprechen.

Du wirst schon noch von so etwas erfahren, pass bloß auf,

sagte er. Sie haben mir mein Portemonnaie gestohlen, haben es mir aus der Gesäßtasche gezogen, ohne dass ich es gemerkt habe, und ich habe auch den Verdacht, dass sie hinter dem Einbruch stecken, der im Herbst hier in der Schule verübt wurde, als der Computer und die anderen Apparate geklaut worden sind. Diese Mädchen, vor allem Viola und Iris, hängen mit Typen herum, die viel älter sind als sie, und ich bin fest davon überzeugt, dass sie denen bei Einbrüchen Helfersdienste leisten. Die müssen irgendwie an Geld rankommen, um sich Stoff zu beschaffen. Diese Kerle da, die liegen hier bei der Schule auf der Lauer und benutzen die kleinen Mädchen als Laufburschen. Und was noch schlimmer ist, von denen bekommen sie auch alles mögliche perverse Zeugs zugesteckt. Sie vertreiben hier Pornobilder in allen Klassen, die sie vom Internet ausgedruckt haben. Falls du mir nicht glaubst, kann ich dir ein paar zeigen.

Er machte seine Tasche auf, zog drei Blätter heraus, und sein Atem ging schnell, als er sie mir reichte. Ich begriff, dass ihn die Sache Nerven kostete.

Ich schaute ein paar Sekunden hin, und dann war mir ein für alle Mal klar, dass die Krone der Schöpfung ein Schwein ist.

Hast du schon mit dem Rektor gesprochen, stammelte ich, denn jetzt war ich es, die Atembeschwerden hatte.

Er hält es für vollkommen ausgeschlossen, dass es hier in der Schule Drogenprobleme gibt, und was die Pornobilder betrifft, da will er abwarten und zusehen, ob das nicht einfach vorübergeht. Die meisten Kinder hängen oft im Internet, und deswegen ist es schwierig, so etwas in den Griff zu kriegen.

Als er sah, wie schockiert ich war, wurden seine Züge etwas weicher, er trat näher und seine Stimme klang aufrichtig.

Ich bin noch nicht fertig. Weißt du, was sie vorgestern gemacht haben? Sie haben sich obenherum ausgezogen, während ich mich zur Tafel umdrehte, und dann saßen sie da nur im BH und fragten mich, ob ich mal lutschen wollte oder ob ich Lust auf was Geileres hätte.

Ich schaute den Mann fassungslos an. Ich begann zu zweifeln, dass er noch bei Verstand war.

Sie haben mich auch gefragt, wie ich es am liebsten mit meiner Freundin mache, und jedes Mal, wenn sie in meine Nähe kommen, schmeißen sie sich an mich ran. Ich weiß nicht, warum sie sich mir gegenüber so verhalten, ich hab ihnen nie Veranlassung dazu gegeben.

Du hast zu früh gelächelt, stöhnte ich, mehr konnte ich nicht sagen, weil mir die Worte fehlten.

Unser Gespräch dauerte nicht länger. Die respektable Lehrerin, die den größten Teil ihres Lebens von Pornographie verschont geblieben war, war zu schockiert, um ein Gespräch weiter aufrechterhalten zu können.

Thórsteina: Puff? Ja, da ist was Wahres dran. Der junge Mann, über den wir sprechen, wird von seinen Schülerinnen sexuell belästigt. Die Mädchen ziehen sich aus, wenn er ihnen den Rücken zudreht, schmeißen sich an ihn ran, stecken ihm Pornobilder in die Aktentasche, und die zirkulieren auch in der Klasse. Und dann drehen sie mit irgendwelchen Junkies ihre Runden und spielen Helfershelfer bei Einbrüchen hier in der Schule und anderswo, und sie stehlen Portemonnaies aus Taschen. Sie haben ihm seins aus der Hosentasche geklaut, ohne dass er was dagegen machen konnte.

Sie waren bereits fertig mit dem Essen, deswegen bestand keine Gefahr, dass ihnen etwas im Hals stecken bleiben würde. Regungslos hielten sie eine Weile die Kaffeetassen in der Luft und starrten abwechselnd auf mich und auf die Tischdekoration. Arndís drehte die Untertasse um, so als ob sie feststellen wollte, aus welcher Manufaktur sie stammte, obwohl sie ganz gut wusste, dass ich das Porzellan bei Harrods gekauft hatte. Dann setzten sie die Kaffeetassen geräuschvoll ab, sprachen ausgiebig dem Likör zu und machten sich über das Konfekt her.

Steinvör: Wie ist er auf die Idee gekommen, sein Portemonnaie in der Gesäßtasche zu tragen?

Droplaug: Isländische Männer sind einfach zu blöd.

Arndís: Haben sie sich wirklich ausgezogen?

Droplaug: Diese Pornobilder habe ich nie gesehen. Was ist eigentlich aus ihnen geworden?

Steinvör: Natürlich weiß ich, dass bei Mädchen in diesem Alter die Geschlechtshormone in Gang gekommen sind, aber nicht dass sie, na ihr wisst schon. Ehrlich gesagt, ich habe Angst vor jeder Stunde in dieser Klasse, ich hab bloß nicht gewagt, das zu sagen, denn dann glauben alle, dass man eine schlechte Pädagogin ist. Ich habe neulich einmal einen schärferen Ton bei ihnen angeschlagen, und dann haben sie zurückgefragt, wann es mir jemand zuletzt besorgt hätte.

Arndís: Ich habe neulich eine von ihnen wieder auf ihren Stuhl gedrückt, weil sie auf den Jungen einschlug, der vor ihr saß, und da erklärte sie, sie würde mich anzeigen, weil ich Hand an sie gelegt hätte. Droplaug, du bist doch Klassenlehrerin, hast du nie mit den Eltern gesprochen?

Droplaug: Die Eltern von Viola waren am Elternsprechtag im Ausland, deswegen habe ich sie nicht getroffen. Ich habe aber gehört, dass es ordentliche Leute sind, und ich bin sicher, dass sie keine Ahnung haben, in welche Gesellschaft ihre Tochter geraten ist. Eltern erfahren alles immer zuletzt. Sie haben ja auch so einen unerschütterlichen Glauben an ihren Nachwuchs. Es muss aber auch nicht sein, dass sie Drogen nehmen, obwohl sie mit diesen Typen herumscharwenzeln. Ich habe aber mit der Mutter von Iris geredet. Ich sagte ihr, dass ihre Tochter mich eine blöde Kuh genannt hätte, aber sie fand nichts Besonderes dabei. Hingegen erklärte sie, dass das Mädchen bei mir nichts lernen würde, da stimme irgendwas nicht mit dem Unterricht.

Ich erwähnte die rote Kladde mit keinem Wort, das hätte die Sache nur in die Länge gezogen, fragte aber, ob sie es nicht richtig fänden, in dieser Sache etwas zu unternehmen. Ob wir nicht eine Besprechung mit dem Rektor und den Eltern vorschlagen sollten?

Vergiss die Eltern, Thórsteina, sagte Steinvör. Seit wir gestreikt haben, ist ihr Verhalten uns gegenüber so mies, sie behandeln uns von oben herab. Die Leute sind herablassend zu denen, die schlecht bezahlt werden. Und in den wenigen Fällen, wo sie sich mit uns in Verbindung gesetzt haben, war es nur zu dem Zweck, um sich zu beklagen und zu meckern. Diese viel besprochene bessere Zusammenarbeit zwischen Schule und Elternhaus, die ja ursprünglich unsere Arbeit unterstützen sollte, hat zu nichts anderem geführt, als dass wir der Kritik ausgesetzt sind und die Eltern sich überflüssigerweise in den Unterricht einmischen.

Ich sagte, dass wir verpflichtet seien, in dieser Sache etwas zu unternehmen, wir könnten dieses asoziale Verhalten nicht durchgehen lassen. Auch wenn wir selbst mit unserer jahrelangen Erfahrung in der Lage wären, die Chaoten in Schach zu halten, könnten wir nicht zulassen, dass sie stattdessen einen jungen Lehrer fertig machen, der nur zur Vertretung unterrichtet.

Droplaug hatte das letzte Wort: Was hör' ich denn da? Seit wann hat die Englischlehrerin Mitgefühl mit jungen Lehrern?

Ist hier vielleicht etwas im Gange, worüber wir noch nicht informiert worden sind?

Arndís beendete die Diskussion: Wir sind zu überhaupt nichts verpflichtet, Thórsteina. Hat man auf uns gehört, als wir auf den Mangel an Disziplin und die Respektlosigkeit hingewiesen haben, der wir jeden Tag ausgesetzt sind? Glauben die Schulbehörden wirklich, dass verbesserte Lehrpläne, mehr Computerprogramme und Unterrichtsmaterial auf CD-Rom die Probleme in der Schule lösen können? Das Problem sind die Eltern. Sie trauen sich nicht, ihre Kinder zu disziplinieren, es ist ihnen zu lästig, ihnen Anstand beizubringen. Ich fühle mich zu rein gar nichts mehr verpflichtet. Ich habe die Schnauze gestrichen voll. Meinetwegen könnt ihr wegen dieser Mädchen einen Aufstand machen, Eltern und Psychologen herbeizitieren und bis zum Frühjahr endlose Konferenzen abhalten, bis die Mädchen die Schule verlassen, aber ich möchte meine Zeit gerne mit etwas Erbaulicherem verbringen.

Es verlautete nichts darüber, was dieses erbaulichere Vorhaben war, aber Steinvör und Droplaug waren voll und ganz mit dem einverstanden, was sie gesagt hatte. Und in diesem Augenblick machten sie sich über meine Pralinen her.

Ich bin der Meinung, dass ich versucht habe, meine Schüler aufzubauen. Es ist nicht meine Sache, sie zu erziehen, aber es ist meine Pflicht, ihnen Selbstvertrauen beizubringen. Ich nutze jede Gelegenheit, um sie über zwischenmenschliche Beziehungen, Selbstdisziplin, Organisation und Ziele aufzuklären, und um diese Themen mit dem Englischunterricht zu verbinden, erzähle ich ihnen von amerikanischen Untersuchungen über diese Aspekte des Lebens. Sie kaufen einem alles ab, was amerikanisch ist. Psychotests auf Englisch sind äußerst beliebt. Diese dümmlichen Tests, die ich aus amerikanischen und englischen Frauenzeitschriften herausreiße und die sich darum drehen, ob man selbstsicher ist, ob man einen guten Geschmack hat, was für Reisen zu einem passen und so weiter. Die Schüler glauben aber, dass diese Tests auf amerikanischen Forschungen beruhen, was sie womöglich tun, aber das spielt keine Rolle, das Wichtigste ist, dass sich dadurch ihr Wortschatz erheblich erweitert. Es ist nicht immer einfach, Wissensvermittlung über Leben und Realität mit dem Englischunterricht zu verbinden, aber ich versuche es trotzdem. Sie müssen diverse andere Dinge lernen als englische Verben, wenn sie im Leben zurechtkommen wollen. Ich glaube beispielsweise, dass mein Unterricht in Kunstgeschichte ihnen später bestimmt noch von Nutzen sein wird. In solchen Stunden zeige ich ihnen Dias mit den bekanntesten Gemälden der westlichen Kultur, und zwar zu dem Zweck, ihren Horizont durch Sinn für Ästhetik zu erweitern, lasse ihnen aber den Glauben, dass das eine mündliche Englischübung ist. Das sind die Lieblingsstunden der Lehrerin Thórsteina. Ich erzähle ihnen etwas über die Geschichte des Gemäldes und den Künstler, und gebe ihnen dann die Gelegenheit, sich dazu zu äußern. Englisch strömt ihnen nur so aus dem Mund. Sie finden solche Geschichten spannend. Das Interesse wird keineswegs geringer, wenn ich ihnen von den bewaffneten Sicherheitsbeamten erzähle, die oft bei den berühmtesten Werken postiert sind. Das finden die Jungen cool. Sie werden so eifrig und gesprächig, dass sie alles um sich herum vergessen und isländisch sprechen. No dear, in English please, sage ich dann. Das sind meiner Meinung nach hervorragend gelungene und erhebende Stunden, aber schließlich hat die Vorbereitung dafür ja auch fast ein ganzes Jahr gedauert. Dafür habe ich keine zusätzliche Vergütung bekommen. Ich bin mir nicht zu schade dafür, den Schülern etwas beizubringen. Das ist die Aufgabe des Lehrers. In dem Sinne ist er ein Erzieher. Aber wenn er die Erziehung von Kindern und Jugendlichen außerhalb des Klassenraums übernehmen soll, um Probleme zu lösen, denen sie aufgrund von Schikanen, Brutalität, Inzest, Drogenmissbrauch oder Alkoholproblemen der Eltern ausgesetzt sind, dann hat das nichts mehr mit allgemeiner Unterweisung zu tun. Der Tag eines Lehrers ist auch nicht länger als der von anderen Mitgliedern der Gesellschaft.

Junge Lehrer durchschauen das nicht sofort.

Alte Pauker tun das aber.

Genau wie ein Experte, der sich nur mit dem Fachwissen beschäftigt, das er zu vermitteln hat, kam ich in die berüchtigte Klasse, nachdem Atli mich über die Zustände informiert hatte, und mit einschlägigen Aufgaben kriegte ich sie an die Arbeit. Während die Schüler lustlos und schlaftrunken arbeiteten, denn für die meisten war es wohl noch Nacht, ging ich durch die Klasse und observierte. Nahm die eigentliche Clique eingehend aufs Korn in Bezug auf Drogenmissbrauch, konnte aber nichts Verdächtiges feststellen. Augen, Gesichtsmuskeln und Bewegungen der Extremitäten waren normal. Zwar waren die Verdächtigten unausgeschlafen, ungekämmt und scheußlich geschminkt, aber ansonsten sahen sie aus wie ganz normale isländische Jugendliche, die bis in die Nacht hinein über Videos und Computerspielen hocken. Die wenigen gut erzogenen und gekämmten Individuen in der Klasse wirkten nicht sonderlich gedrückt, wie sie sich da mit der Aufgabe befassten, und nichts deutete darauf hin, dass sie unter den Schikanen der anderen litten.

Aber wie sollte ich wissen, ob es ihnen schlecht oder gut

ging? Man sah ihnen nicht von außen an, ob sie schikaniert und in den Pausen geprügelt oder ausgeschlossen wurden, wenn irgendetwas los war. Mir erzählen sie nichts davon.

Ich frage sie auch nie danach.

Die verflixten Mädchen, um die sich das Ganze drehte, wussten genau, dass ich sie beobachtete, wussten, dass sie in dem Moment Mikrolebewesen unter Thórsteinas Mikroskop waren, warfen mir Seitenblicke zu, wandten aber die Augen schnell wieder ab, wenn sie meinem Adlerblick begegneten. Eingedenk der roten Kladde und meiner unangenehmen Scharfzüngigkeit.

Ich setzte mich ans Pult und genoss die Stille, die hin und wieder durch Kaugummiknallen unterbrochen wurde. Ich überhörte das. Taubheit kann sich unter gewissen Umständen bezahlt machen. Stille wie diese ist heutzutage im isländischen Schulalltag keine Selbstverständlichkeit und wird nur einigen wenigen Superlehrern zuteil. Wie mir. Man unterbricht sie nicht, um Kaugummi zu beanstanden.

Ich blätterte im Klassenbuch. Wenn man über hundertfünfzig Schüler unterrichtet, kennt man nur ein Sechstel von ihnen etwas genauer, nämlich die eigene Klasse. Jeden Herbst mache ich mich mit den Leistungen meiner Klasse vertraut und achte darauf, wo sie wohnen und was die Eltern von Beruf sind, unterlasse es aber, auf meinen traditionellen Inspektionsfahrten durch die Stadt ihre Häuser zu begutachten. Wegen ihres Alters und ihrer Stellung in der Gesellschaft liegen sie in diesem Sinne außerhalb meiner Interessen. Wo andere Schüler wohnen, ignoriere ich geflissentlich. Diesmal machte ich aber eine Ausnahme und achtete auf die Anschrift sämtlicher Schüler, die im Klassenbuch standen, und bemühte mich, das mit dem Verhaltensmuster in Einklang zu bringen, das mir der Vertretungslehrer geschildert hatte. Ich war so klug wie zuvor. Sie hatten alle Eltern und ein Zuhause.

Ich las und beschäftigte mich damit und schaute dann auf.

Einen Augenblick war ich erschrocken.

Sie hatten mich beobachtet, während ich sie unter die Lupe nahm.

Die Grazien.

Zu dieser Stunde hatte ich keine Ahnung davon, dass außer mir sich auch noch andere dafür interessierten, wo gewisse Leute wohnten.

Nehmt die Kaugummis aus dem Mund, sagte ich mit dunkler Stimme.

Zu blöd, dass die Pralinen alle sind.

Ich bin ganz schwach vor Zuckermangel. Ich sollte versuchen, ins Bett zu kriechen. Ich rette die Welt nicht mehr, so wie die Dinge liegen. Schon gar nicht, wenn ich hier mit Teppichflusen in der Nase auf dem Fußboden liege. Was mich vom Schlafzimmer fern hält, sind die Gedanken. Ich darf nicht mehr denken. Ich ruiniere meine Gesundheit, wenn ich so denke. Ich verliere den Verstand, ich spüre es. Ich werde hier wach gehalten wie andere Gefangene, die regelmäßig zum Verhör abgeführt werden.

Würdest du vielleicht damit beginnen, uns vom Samstag zu berichten.

Wie soll ich mich daran erinnern, was vor einer ganzen Woche passiert ist?

Damit solltest du doch bei deiner Intelligenz keine Probleme haben.

Ich kann es ja mal versuchen, aber ich übernehme keine Verantwortung für Zeit und Raum, so etwas verwischt sich, genauso wie Gesichter und Farben, das ist aus Gerichtsverhandlungen bekannt. Aber mal sehen, ja, dieser Samstag. Ich bin um acht Uhr aufgewacht, habe das Wetter eingetragen, die Kaffeemaschine angeworfen, die Zeitung von unten geholt, die Kreuzworträtsel gelöst.

Die Details über deine morgendlichen Verrichtungen kannst du dir sparen.

Zum Kuckuck nochmal, versuche ich vielleicht nicht, kooperativ zu sein? Falls ihr euch hier unbedingt aufspielen müsst, dann spiele ich nicht mehr mit.

Ist doch wahr, wenn man Lehrerinnen verhört, sollte man sich etwas gewählter ausdrücken. Sie vertragen keine saloppe Ausdrucksweise.

Vielleicht versuche ich, in die Küche zu kriechen und meine Zuckervorräte zu untersuchen. Hatte ich da nicht auch noch Käse vom letzten Wochenende, oder hatte ich den schon entsorgt? Ich kann mich an überhaupt nichts mehr erinnern. Natürlich führe ich mir Käse und Rotwein zu Gemüte und decke den Tisch im Esszimmer, wie es sich gehört. Man hat ja sowieso nichts zu tun. Mitten in der Nacht.

Eigentlich hatte ich am letzten Wochenende diese Flasche öffnen wollen, als ich den Besuch bekam, ließ es dann aber bleiben und entkorkte den Burgunder. Ich kann mich nicht erinnern, warum.

Das ist ein guter Rotwein. Besser als der, den ich vor einer Woche getrunken habe.

An manchen Tagen wacht man froh auf, als ob Gott einem im Traum einen guten Tag versprochen hätte.

Verschämt schmuggelte die Sonne am Samstag vor einer Woche ihre Strahlen in meine Wohnung, und im Osten waren die Temperaturen höher. In der Küche war es gemütlich, und ich konnte ohne irgendwelche innere Unruhe meine Kreuzworträtsel lösen, während ich Kaffee trank. Mein Tag war voll verplant, ich brauchte mich nicht zu entscheiden, ob ich in den Süden oder in den Norden fahren würde. Ich war zur Vernissage bei Droplaugs humpelndem und impotenten Ehemann eingeladen. Wir waren alle eingeladen, die Elite, und wir hatten vor, viel Weißwein zu trinken und vielleicht abends gemeinsam essen zu gehen.

Die Sonne schien sowohl draußen als auch drinnen.

Vom ersten Hahnenschrei an war alles geplant. Nach dem Frühstück wollte ich die Kleider aus dem Schrank holen, die ich für den Tag gewählt hatte, um dann Schmuck, Schuhe, Mantel passend dazu auszusuchen. Danach wollte ich drei Stunden putzen, anschließend einkaufen gehen und zum Schluss ein Bad nehmen und mich zurechtmachen. Jeder einzelnen Verrichtung hatte ich eine bestimmte Zeit zugemessen und das auf einem Blatt Papier notiert. Jede einzelne Verrichtung verlief genau nach Plan mit Ausnahme des Einkaufs, für den ich fünfzig Minuten angesetzt hatte, der sich aber wegen Stígur auf eineinviertel Stunden ausdehnte.

Ich wollte gerade aus dem Haus, als er die Wohnungstür aufriss und barsch erklärte: In diesem Zustand fährst du mir nicht mit dem Auto aus der Stadt.

Ich fragte, was denn jetzt mit dem Auto los sei, und er antwortete, auf den Reifen ist viel zu wenig Luft, das ist schon lange überfällig. Als er hörte, dass ich nur einkaufen fahren wollte, beruhigte er sich etwas, aber da er ganz offensichtlich mit dem linken Bein aufgestanden war, brummelte er weiter und sagte, es fehlten Birnen für den Keller, da müssten die Birnen ausgewechselt werden, das sei schon lange überfällig. Ich sagte, ich würde sie mitbringen, und fragte dann liebenswürdig, ob ich ihm etwas zu essen besorgen könnte?

Ich weiß nicht, was ich mir heute zum Essen machen soll, moserte er und sah wie ein Meerschweinchen aus. Wie wär's mit Pökelfleisch, fragte ich, aber er wies das verächtlich von sich und erklärte, das am Abend vorher gegessen zu haben. Was ist mit Knackwürstchen oder Schlachtwurst?, fuhr ich fort und dachte vor allem an eine einfache Zubereitung, aber er schnitt eine Grimasse und sagte, das sei der letzte Fraß. Also schlug ich so aufs Geradewohl panierte Lammkoteletts vor, und die Idee sagte ihm zu. Aber weil er in Sachen Kochkunst so völlig unbedarft ist, musste ich ihm die Bratmethoden in allen Einzelheiten schildern, und das warf mich in meiner Zeitplanung um 25 Minuten zurück. Ja, ja, kauf dann Koteletts und Paniermehl für mich, sagte er mit griesgrämiger Miene, als ob er mir einen speziellen Gefallen täte, und zückte dann knauserig sein Portemonnaie.

Als ich später am Tag in meinem französischen Kostüm auf der Vernissage erschien, sah ich zu meiner Freude etliche bekannte Gesichter aus dem Fernsehen. Es war also glücklicherweise keine Veranstaltung für das gemeine Volk. Droplaug schwebte mit Dollarzeichen in den Augen durch die Räume, der Ehemann hatte gleich in der ersten Viertelstunde sechs Bilder verkauft, und Arndís und Steinvör hatten sich aufgetakelt und waren strahlender Laune, denn auf Stehpartys mit Weißwein und Leuten aus der Businesswelt fühlten sie sich in ihrem Element. Sie diskutierten, ob Steinvörs Ehemann jetzt zum dritten Mal wieder in Mode käme. Ich hingegen zerbrach mir den Kopf darüber, ob diese Erfolgssträhne sich günstig auf die Potenz auswirken würde. Kindlich froh brachte Droplaug uns Weißwein und wir wurden bald sehr gesprächig. Wie gewöhnlich hatten wir uns in einer Ecke des Saals zusammengerottet, um besser klatschen und tratschen zu können, aber letztendlich kamen wir kaum dazu. Arndís führte das auf mein Kostüm zurück, sagte, dass es eine unwiderstehliche Anziehungskraft auf karrieregeile Männer hätte, während Steinvör darauf bestand, dass das Parfüm schuld an der Männermeute war, die uns umschwärmte. Das war nett gemeint, und ich bedankte mich für die Komplimente. Ich war nicht weniger verwundert als sie. Ich hatte schon seit langem den Verdacht gehabt, dass ich in Bezug auf Kontakte zum anderen Geschlecht nicht am richtigen Arbeitsplatz war, aber diese Tatsache wurde mir jetzt wie nie zuvor bewusst. Lehrerinnen leben völlig isoliert von der reizvollen Männergesellschaft.

Da umschwärmten sie mich, diese liebenswerten Geschöpfe, männlich duftend, Möchtegernkünstler und Businessleute, und ich schenkte ihnen mein strahlendes Frau-von-Welt-Lächeln.

Manchmal strahlt man etwas aus.

Diese ausgezeichnete Präsentation lebender Kunstwerke endete in einem Restaurant. Wegen unserer Freundschaft mit der Ehegattin des Künstlers war uns die Gnade beschieden, eines Abendessens mit den Möchtegerns teilhaftig zu werden. Aber jede Medaille hat ihre Kehrseite, denn eben wegen meiner Anziehungskraft wurde ich so von Männern bedrängt, die ich völlig uninteressant fand, dass ich mich zu einer äußerst christlichen Zeit zurückzog.

Als das Taxi bei mir zu Hause vorfuhr, war ich ein wenig beschwipst und konnte mich deswegen nicht über die ewige Einmischerei von Stígur ärgern.

Er kam mit dem Müll angeschossen, als ich das Taxi bezahlte.

Wo ist der Jeep?, bellte er mir nach, als ich die Treppe hochging.

Ich habe ihn in der Stadt gelassen, weil ich Wein getrunken habe.

Lässt du ihn da in der Innenstadt herumstehen, wo sich das ganze Gesocks herumtreibt?

Wie waren die Koteletts, mein Lieber?

Wo in der Stadt?, stammelte er und schien einem Zusammenbruch nahe.

In der Nähe vom Hotel Borg.

Er musste sich auf den Heizkörper im Treppenhaus stützen. Dann schüttelte er den Kopf, grau im Gesicht: Dein Auto wirst du nie wieder sehen.

Leichtfüßig wie ein junges Mädchen flog ich die Treppe hinauf und schlug die Tür hinter mir zu.

Als etwa eine Stunde später unten im Hausflur ein Hämmern zu hören war, glaubte ich, dass Stígur auf diese Weise versuchte, meine Aufmerksamkeit auf sein Missfallen zu lenken. Ich tat, als hörte ich nichts, war auch gerade erst der Dusche entstiegen und nicht imstande, mich im Bademantel und mit einem Turban auf dem Kopf mit solchen Dingen zu befassen.

Da hörte ich, wie Stígur aus vollem Hals meinen Namen brüllte.

Ich stieß die Tür auf und schaute nach unten.

Atli, der Junge, war zu Besuch gekommen. Er war aus irgendwelchen Gründen Stígur in die Klauen geraten, der ihn an die Haustür drückte und ihm zusetzte.

Dieser Mann wollte zu dir nach oben!, schrie Stígur, puterrot im Gesicht.

Trotz meines Zustands und meines Aussehens erfasste ich die Lage rasch. Ich bat Stígur, den Mann loszulassen, damit er wieder Luft bekäme. Stígur beruhigte sich etwas, und es herrschte momentanes Schweigen, während die beiden Männer sich von oben bis unten musterten. Dann riss sich die respektable Lehrerin auf der oberen Etage zusammen und fragte den Mathematiklehrer gelassen, ob sie etwas für ihn tun könne.

Ich hätte gerne ein paar Worte mit dir geredet, wenn es möglich ist, sagte er mit Betonung auf ›möglich‹, und da wurde mir klar, dass er ziemlich alkoholisiert war. Als ich sah, dass Stígur wie selbstverständlich davon ausging, bei diesem Gespräch anwesend zu sein, sagte ich resolut, dass es wohl am besten sei, wenn er auf einen Sprung hinaufkäme.

Eigentlich wollte ich ins Bett, sagte ich mit tiefer Stimme.

Sie wollte ins Bett, kreischte Stígur und blickte verächtlich auf den Gast, der leicht schwankend die Treppe hinaufging.

Zum ersten Mal hatte, abgesehen von Stígur und irgendwelchen Handwerkern, ein Mann meine Wohnung betreten.

Ich lud ihn ins Wohnzimmer ein.

Er trat vorsichtig ein und blickte sich interessiert um. Ich bedeutete ihm, Platz zu nehmen, sagte dann abrupt, damit er aufhörte herumzustarren: Du willst dich bestimmt nicht aufhalten, deswegen lohnt es sich nicht, dir Kaffee anzubieten.

Nein, auf Kaffee habe ich keine Lust, aber ein Bier würde ich schon akzeptieren, sagte er und blickte wohlgefällig auf die Einrichtung.

Ich fand Gefallen an seiner Unverfrorenheit.

In diesem Haus wird kein Bier getrunken, sagte ich mit

Nachdruck, aber ein Glas Wein kannst du bekommen, obwohl es mir so vorkommt, als ob du eigentlich schon genug intus hast. Bist du nicht ziemlich besäuselt?

Ich habe heute mit ein paar Freunden gefeiert, einer hatte einen besonderen Anlass.

Hast du wirklich am helllichten Tag angefangen zu trinken?, fragte ich schockiert.

Er erklärte, dass so etwas nicht häufig passierte. Er schien auch klar genug im Kopf zu sein, um meine Bewegungen genau zu beobachten, als ich die Rotweinflasche entkorkte und ihm ein Glas einschenkte.

Liegt dir etwas auf dem Herzen, oder was ist der Grund für diesen Besuch?

Ich kam, um dir zu sagen, dass ich Schluss mache, sagte er und blickte mich unverwandt an. Werde am Montag nicht erscheinen. Ich wollte bloß, dass du es weißt. Wenn ich bei diesem Aberwitz weiter mitmache, trage ich die Verantwortung, genau wie ihr.

Ich erschrak, als er das sagte, ich hatte keinerlei Aberwitz in der Schule bemerkt. Für einen Augenblick war ich pikiert. Was war da hinter meinem Rücken im Gange? Wie konnte so etwas mir, die ich doch alles mitverfolge, vollständig entgehen?

Ich spreche über die Mädchen in der H-Klasse, sagte er, als er meine Miene bemerkte.

Ach so die. Das sind doch bloß Kinder, mein lieber Atli, die werden diesen Lolita-Allüren bald entwachsen sein.

Das sind keine Kinder. Das Kind in ihnen hat man mit Hasch und Amphetaminen umgebracht. Ihr Leben dreht sich nur darum, an die nächste Dosis ranzukommen, und die lügen und stehlen, und sie schrecken auch nicht vor Gewalt zurück.

Sein Drogengefasel wurde langsam ermüdend, deswegen erklärte ich resolut, dass die Schüler in unserer Schule niemals mit Drogen in Berührung gekommen seien, und falls ein solches Gerücht aufkäme, würde das ein schlechtes Licht auf die Schule werfen, und es sei alles andere als vergnüglich, an einer Schule zu unterrichten, die einen solchen Ruf hätte. Er bräuchte sich auch überhaupt keine Gedanken zu machen, es seien ja schließlich bloß noch zwei Monate bis zum Ende des Schuljahrs, und er sollte auch bedenken, dass selbst wenn es so absonderlich zugehen sollte, dass sich irgendjemand mit Dope zu schaffen machte, dann sei es das Problem der Eltern der Betreffenden, aber nicht unseres. Wir seien nur dazu da, um zu unterrichten, und außerdem seien wir nicht imstande, fünfzehn und sechzehn Jahre alte Jugendliche in Schranken zu halten. Am Ende dieses Plädoyers erklärte ich, dass ich, falls ich mir Sorgen über sämtliche Schüler machen würde, die ich zeit meines Lebens unterrichtet hätte, wahrscheinlich schon längst am Stock ginge.

Wohl dem, der keine Sorgen hat, sagte er ruhig. Ich habe sie aber leider, denn vor einer knappen Stunde oder so drohten mir eben diese Kinder, von denen du sprichst, mir die Hoden abzusäbeln. Du weißt, es ist etwas unangenehm, sie zu verlieren.

So etwas Widerwärtiges musste ich mir anhören.

Ich war vorhin auf dem Weg nach Hause von der Feier und ging nur nochmal schnell zum Kiosk. Ein Auto parkte davor, in dem die Mädchen aus der H waren, zusammen mit irgendwelchen Mackern. Sie riefen nach mir, als sie mich sahen, wollten mir unbedingt Speed andrehen. Keine Spur von Heimlichtuerei, ganz im Gegenteil. Ich riet ihnen, vorsichtig zu sein, es sei nicht auszuschließen, dass ich die einschlägigen Stellen über den Stoff informieren würde, den sie in Händen hätten. Dann brachen die Verwünschungen über mich herein, unter anderem das mit den Hoden. Ist übrigens eine beliebte Drohung in Gewaltfilmen heutzutage.

Ich schenkte dem Mann mehr Rotwein ein.

Ich war zwar schockiert, aber trotzdem kam es mir in den Sinn, dass die Mädchen das mit dem Speed nur aus Jux gesagt hatten, Jugendliche führen eine große Klappe, wenn es darauf ankommt. Ich wollte ihm aber nicht widersprechen, das wäre nicht ratsam gewesen. Ich achtete darauf, mich in der Angelegenheit nicht festzulegen, zeigte meine Missbilligung nur durch ein entsprechendes Mienenspiel.

Es dauerte eine geraume Zeit, seine Aufmerksamkeit auf interessantere Gebiete zu lenken, denn er schien wild entschlossen zu sein, die Welt zu verbessern. Er redete über die Drogenprobleme von Jugendlichen, zehn Minuten lang, ohne Pause.

Ich hatte vergessen, dass junge Männer so viel reden können.

Nachdem ich einige Male höflich gegähnt hatte, kam er zur Raison. Nachdem er sich das Herz aus- und gleichzeitig anderes in sich hineingeschüttet hatte, wurde er auch etwas munterer. Erklärte, dass er hatte vorbeischauen wollen, um mir das zu erzählen, der alten Lehrerin und dem Vorbild.

Trotz der ermüdenden alten Lehrerleier war ein kleiner Funke von Interesse in seinen Augen zu entdecken, deswegen nahm ich den Turban ab, schüttelte das feuchte Haar und rubbelte es in aller Muße, als spielten Anwesende keine Rolle in meinem Leben.

Er wandte die Augen nicht von mir ab.

Ich war in dich verliebt, als du mich unterrichtetest. Eigentlich waren alle Jungs in dich verliebt, du warst so attraktiv. Und bist es noch.

Mir wurde warm ums Herz. Was ich schon lange vermutet

hatte, bewahrheitete sich. Ich nahm ihn in Augenschein und hatte mein Wohlgefallen an ihm. Seine Mundwinkel waren faszinierend.

Er kippte sich den Wein hinein und starrte auf meinen Bademantel. Ich hatte das Gefühl, dass es nicht das Kleidungsstück war, das sein Interesse erweckte, sondern eher das, was es verbarg. Aber selbst, wenn ich ohne Schaden zu nehmen, geladenen und ungeladenen Gästen den gut gepflegten Körper hätte zeigen können, stand mir zu dem Zeitpunkt nicht der Sinn nach einer derartigen Enthüllung. Vermutlich hätte eine andere Frau als ich die Gelegenheit ergriffen und den jungen Mann verführt, denn so lautet wohl das Rezept. Ältere Frauen verführen jüngere Männer, und junge Frauen verführen ältere Männer. Immer dieselbe Geschichte, alles dank Eva. Aber Thórsteina Thórsdóttir ist eine andere Geschichte, das sollte man bedenken. Bei ihr erwachen keine fleischlichen Gelüste, es sei denn, dass geistige Überlegenheit des anderen Geschlechts hinzukommt.

Was sich nur selten so glücklich traf.

Der junge Atli war zwar ein guter Mathematiker, hatte aber aufgrund seines jugendlichen Alters und mangelnder Reife weder Geschicklichkeit noch Dynamik in geistigen Disziplinen erlangt. Er mobilisierte aber meine Eitelkeit.

Ich fand es richtig, ihm meine Einstellung deutlich zu machen, bat ihn, noch etwas zu bleiben und es sich gemütlich zu machen, während ich mir etwas Bequemeres anziehen würde.

Ich entschwand in meine Garderobe und zog mir ein blaues Kleid an, das gut zu dem Auftritt und der ganzen Szenerie passte. Da er nun schon einmal hereingeschneit war, dachte ich mir, sei es am besten, den gastgeberischen Pflichten nachzukommen, ihm Käse zum Rotwein anzubieten und sich noch etwas länger mit ihm zu unterhalten, sodass er später von meiner herausragenden Gastfreundschaft berichten konnte. Diesen Pflichtverrichtungen gab ich im Geiste eine halbe Stunde, so wie es unter Staatsoberhäuptern üblich ist. Als ich aber wieder in das Wohnzimmer kam, sah ich prompt, dass der junge Mann wegen Unkenntnis üblicher Besuchszeiten möglicherweise meinen Zeitplan durcheinander bringen könnte. Die Redewendung »es sich gemütlich machen« hatte er wörtlich genommen, hatte sich das Jackett ausgezogen und hockte auf den Knien vor der alten Stereoanlage meiner Eltern, mit dem Vorsatz, ihr Musik zu entlocken.

Von wem hast du dieses vorsintflutliche Stück?, fragte er, als er sah, dass ich wieder da war, und ich antwortete ihm kurz angebunden, damit ihm begreiflich würde, dass er es sich ein bisschen zu gemütlich gemacht hatte.

Aus seinem Lächeln zu schließen, verstand er meine Andeutungen nicht, und als die Protestsongs der 68er durch das stille Zimmer klangen, wurde er vorwitziger, schnipste mit den Fingern und fragte, ob wir nicht ein Tänzchen aufs Parkett legen sollten.

Ich wollte ihn brüsk fragen, ob er noch ganz dicht sei, erinnerte mich aber rechtzeitig an meinen gerade erst gefassten Vorsatz, Gastfreundschaft zu zeigen, und antwortete deswegen kurz, aber artig: Ich tanze nicht.

Dann halten wir jetzt eine Tanzstunde, sagte er, nahm meine beiden Hände, ohne dass ich Widerstand leisten konnte, und bewegte sich weich im Rhythmus der Musik.

Der Mann hatte zu viel Rotwein getrunken.

Und dann tanzten wir. Ich hatte keine Lust herumzustreiten, wusste dass dieses Gehopse aufhören würde, wenn das Lied zu Ende war, und konzentrierte mich darauf, das durchzustehen.

Aber der junge Atli tanzte wie ein junger Gott. Innerhalb kürzester Zeit gelang es ihm, meine steifen Glieder zu lockern, und als das Lied halb um war, begann ich, Spaß daran zu haben. Als es zu Ende war und das nächste Lied anfing, tanzte ich weiter. Nach zwei Nummern war es ihm gelungen, mich aufzuheitern. Ich lachte, ohne es zu wollen. Ein Tanz nach dem anderen, mal schnell, mal langsamer oder mit diesem einschmeichelnden Rhythmus, der weiche Hüftschwünge produziert. In den langsamen Schwüngen kamen seine göttlichen Tanzkünste am besten zum Tragen. Er führte mich mit den Fingerspitzen. Eine hauchzarte Berührung mit meinen genügte, und ich wusste, wie ich mich zu bewegen hatte, wie lange jede Tanzfigur dauerte, wann eine Drehung bevorstand. Manchmal zog er mich an sich, drückte mich ganz schnell an sich, wie es der Tanz erforderte. Aber ich war früher unter ähnlichen Umständen mit einem Mann in Berührung gekommen, deswegen hielt ich ihn in gebührendem Abstand, indem ich ihm nie in die Augen blickte. Blickkontakt ist die Voraussetzung für nähere Bekanntschaft und eine Kette von unvorhersehbaren Ereignissen. Ich war nicht auf Männer in meinem Haushalt erpicht, früher oder später benötigen sie Dienstleistungen. Außerdem muss man ihnen zuhören.

Aber der Tanz schleuderte mich hinaus auf das Meer der Gefühle, wo ich in einem herrlichen Glücksrausch herumplanschte. Nur Musik und Rhythmus waren in meinem Kopf. Ein solches Glück hatte ich nicht verspürt, seit ich jung und unbekümmert war. Und als wir aufeinander eingestimmt waren wie die Saiten an ein und demselben Instrument, kam mir jeglicher Sinn für Zeit abhanden. Gegenwart wurde zur Vergangenheit, alte Bilder drängten vor und erwachten zu neuem Leben. Ich fand das Mädchen wieder, das ich einmal gewesen war, bevor ich dazu gezwungen wurde, nett und adrett zu sein, und bevor mir die Gesellschaft sagte, dass Männer die Regeln diktierten und den Tanz führten. Für einen Augenblick fand ich das Mädchen wieder, das es mit den Küstenseeschwalben aufgenommen hatte.

Diese unerwartete Verjüngung war mir eine solche Offenbarung, dass ich aus dem Rhythmus kam. Ich verspürte ein drängendes Freiheitsbedürfnis, wollte den Pfad zurückfinden, um mich in der Quelle zu baden, so wie sie war, bevor Männer ihren Durst in ihr löschten.

Mitten im Lied dankte ich dem jungen Mann für den Tanz.

Er nahm meine Kapitulation nicht übel auf, zumal er selbst ziemlich groggy war.

Das war schon ganz gut, sagte er nach Atem ringend.

Du bist ein fantastischer Tänzer, sagte ich, fügte aber nicht hinzu, dass ich ihm auf ewig dankbar sein würde für die Freude, die er mir gemacht hatte. So ein Geschwätz wäre bloß sentimental. Aber er lächelte glücklich über das Lob.

Es ist schon spät, sagte ich, um etwas zu sagen, und er begriff aus angeborenem Takt heraus, dass er nicht länger willkommen war. Wir unterhielten uns noch ein wenig übers Tanzen, um einen vergnüglichen Abend zu beenden, und ich sagte ihm, er solle sich das nicht so zu Herzen nehmen und einfach am Montag wieder in die Schule kommen, wir Mädels könnten nicht ohne ihn. Er lachte und stand auf.

Als ich ihm zur Tür folgen wollte, stieß er unabsichtlich in dem engen Flur mit mir zusammen und packte mich an den Schultern, um mich vor einem Sturz zu bewahren. Ich fand es drollig, dass ich, die ich ihn in übertragenem Sinne so sehr überragte, mich an seiner Seite wie ein kleines Mädchen fühlen sollte, und ich kicherte.

Das Kichern munterte ihn aus irgendwelchen Gründen auf, und auf einmal wurde er lebhaft.

Lass uns zusammen die Nacht auf den Kopf hauen, sagte er freudestrahlend.

Ich lächelte, denn ich fand den Satz besonders amüsant, fragte ihn dann, ob er nicht auf dem Heimweg gewesen sei.

Nein, verflixt nochmal, ich will nicht nach Hause, jetzt will ich einen Zug durch die Kneipen machen! Komm doch mit, bitte, ich warte, bis du dich fertig gemacht hast.

Mein lieber Atli, ich bin eine respektable Lehrerin, und du bist siebzehn Jahre jünger als ich.

Er stutzte, und nach kurzem Schweigen sagte er bitter: Ich bin doch nicht komplett blöd, nur weil ich etwas jünger bin als du.

Das musste man dem Mathematiker lassen, er war zum richtigen Resultat gekommen.

So habe ich das nicht gemeint, mein lieber Atli, raunte ich und zog mich aus der Affäre: Mir wär's eine große Ehre, mich in der Stadt mit einem so schönen Mann wie dir zu vergnügen.

Er strahlte wieder auf, und ich starrte ihn fasziniert an.

Er sah aus, als sei er, arglos und ohne Falsch, gerade zur Erde herniedergestiegen.

Every dog has its day, heißt es auf Englisch.

Den Tanz hatte ich jedenfalls noch bekommen.

Wir redeten noch immer im Korridor miteinander, als schwere Schläge auf die Tür niedergingen. Ich öffnete in Panik, und vor mir tauchte das fleckige Gesicht von Stígur auf.

Ich bin los und habe den Jeep geholt, das geht auf keinen Fall, ihn samstagnachts im Stadtzentrum stehen zu lassen, damit das Gesocks ihn demolieren kann, erklärte er mit bebender Stimme.

Wir schauten den Mann an, der kaum imstande war zu sprechen.

Ist schon in Ordnung, mein lieber Stígur, ich danke dir, sagte ich schließlich.

Er war aber noch nicht zu Ende und stieß hervor, als ob das Universum gegen ihn sei: Und dann habe ich alle Birnen im Keller ausgewechselt, während du fort warst.

Ich kapierte, dass da jemand gelobt werden wollte.

Atli blickte verblüfft drein: Was ist denn das für ein Kretin?

War ja wohl nicht anders zu erwarten, dass der Mann so was fragen würde.

Stígur ging grollend die Treppe hinunter.

Ich kam wieder zur Besinnung.

Lieber Atli, geh du dich allein vergnügen, ich bin zu müde, um mich in irgendwelchen Trubel zu stürzen.

Er ging sich allein vergnügen.

Dieser junge Mann, der die Welt verbessern wollte.

Wäre ich doch bloß mit ihm gegangen.

Es war ein richtig angenehmer Samstag, von früh bis spät lauter Komplimente.

Ich kriege Kopfschmerzen von diesem Rotwein. Und dann ist man noch nicht einmal beschwipst, und erst recht nicht schläfrig. Ich sollte lieber Wasser trinken. Ich sollte mich vielleicht auf das Sofa im Fernsehzimmer legen und so tun, als ob ich nachdenke, und nicht, als ob ich versuche, einzuschlafen. Den Schlaf austricksen. Er schleicht sich oft in die Gedanken ein, wenn er den Eindruck hat, dass man unvorbereitet ist. Ich habe jetzt praktisch zwei Tage lang nicht geschlafen, wenn man die drei Stunden in der letzten Nacht nicht mitrechnet. Diese Schlaflosigkeit ist mir vollkommen unbegreiflich.

Der Kopfschmerz kommt wieder.

Hämmern in meinem Kopf.

Ich muss mich zudecken, ich schlottere. Es wird kühler, je weiter die Nacht fortschreitet. Wenn es mit rechten Dingen zuginge, sollte ich im Schlafzimmer unter dem wärmenden Oberbett liegen. Aber die Erfahrung hat gelehrt, dass es dem Schlaf nicht beliebt, sich dort einzufinden. Deswegen werde ich mich in den anderen Räumen aufhalten. Bis kühl der Morgen graut.

Dieses Sofa ist zu hart. War das schon immer so, oder tut mir nur wegen des mangelnden Schlafs alles weh und bin ich deswegen so hyperempfindlich? Wenn das Sofa wirklich so hart ist, dann ist es kein Wunder, dass Steinvör hier keine weitere Nacht verbringen wollte, nachdem sie auf die Straße gesetzt worden war.

Steinvör war guter Dinge nach dem Wochenende. Nachdem wir kurz vor Unterrichtsbeginn gerade im Lehrerzimmer Platz genommen hatten, erklärte sie, dass sie und ihr Mann ein wunderschönes Wochenende verbracht hätten.

Nicht alle hatten ein wunderschönes Wochenende verbracht.

Kaum hatte sie das gesagt, erschien der Rektor im Lehrerzimmer und bat um Aufmerksamkeit. Er habe eine Mitteilung zu machen. Seine Miene war derart, dass alle, wo sie gerade saßen oder standen, auf der Stelle verstummten.

Mich beschlich ein ungutes Gefühl.

Atli war nicht erschienen.

Ich stützte die Ellenbogen auf den Tisch und hielt mir heimlich die Ohren zu, damit die Worte, die gesprochen würden, nur von Ferne zu mir drängen.

Atli ringt mit dem Tode, sagte der Rektor. Am Samstagabend

ist er im Stadtzentrum einem brutalen Überfall zum Opfer gefallen. Niemand weiß genau, was passiert ist oder wer an diesem Überfall beteiligt war. Aber es heißt, dass eine Gruppe Jugendlicher ihn attackiert und zusammengeschlagen hat, und als er dann auf der Straße lag, haben sie ihm noch gegen den Kopf getreten. Nach Aussagen der Ärzte hat er schwerste Gehirnverletzungen davongetragen.

Seine Stimme versagte. Dann sagte er heiser: Er wird im Koma gehalten.

Wir konnten uns nicht rühren. Konnten einander nicht anschauen, konnten nicht miteinander sprechen. Wir senkten nur die Köpfe.

Arndís brach das Schweigen.

Warum haben sie ihn dann nicht gleich umgebracht?

Das waren die einzigen Worte, die an diesem dunklen Montag im Lehrerzimmer gesprochen wurden.

Die Schule war verstummt. Wie die Schüler von diesen Ereignissen erfahren hatten, wusste ich nicht, es war mir auch gleichgültig. Ich ging in eine Klasse nach der anderen, verteilte Aufgaben, setzte mich dann schweigend ans Pult und fummelte mit einer Büroklammer herum. Ich sprach die Schüler nicht an, sie sprachen mich nicht an. Ich ging nach Hause, ohne mich von irgendjemandem zu verabschieden, legte mich hier aufs Sofa und lag da bis zum Einbruch der Dunkelheit. Ich aß nichts. Dann trug ich die Temperaturen ein und ging ins Bett, ohne Licht zu machen.

Er war misshandelt worden, nachdem er mich verlassen hatte.

Bin ich eingeschlafen? Was ist mit der Zeit? Sie ist seit vorhin nicht vergangen. Was wäre schon dabei, wenn ich eingeschlafen wäre? Das hätte mir sehr wohl passieren können.

Kein Laut von draußen. Ist niemand außer mir wach? Ist niemand in der Straße schlaflos?

Es ist noch lang hin bis zum Morgengrauen.

Die Nacht ist lang auf Island.

Die Kopfschmerzen gehen nicht weg. Sie verursachen Übelkeit. Vielleicht ist es besser, herumzugehen als flach zu liegen, dann kommt das Blut in Bewegung.

Mama sagte mir, dass Großvater stundenlang so herumtigern konnte und dabei vor sich hin murmelte. Es sind also doch nicht nur die Frauen in der Familie, die mit sich selber sprechen. Es ist ein Trost, das zu wissen.

Ich hatte vollkommen Recht. In Bezug auf die Übelkeit ist es viel besser, auf den Beinen zu sein.

In den Zeitungen und im Rundfunk wurde der Überfall nur kurz erwähnt. So, als sei es gar nichts Ungewöhnliches, wenn in der Innenstadt Leute zu Tode getrampelt werden.

Ich ging am Dienstag wie gewöhnlich zur Schule, das tat ich, aber erst in der großen Pause wagte ich es, meine Freundinnen zu fragen, ob sie etwas über Atli gehört hätten. Deprimiert schüttelten sie den Kopf. Und die Täter hatte man nach Auskunft des Schulleiters immer noch nicht gefunden.

Wir tranken unseren Kaffee schweigend. Keiner hatte sich auf Atlis Platz gesetzt.

Sollten wir ihm vielleicht Blumen bringen, fragte ich.

Sie starrten mich schweigend an.

Atli wird nie wieder den Duft von Blumen riechen, sagte Arndís.

Nach langem Schweigen sagte Steinvör: Doch, wir sollten ihm Blumen bringen. Falls er die Augen wieder öffnet, sieht er etwas Schönes.

Wie war das eigentlich, habe ich nicht letzte Nacht Staub gewischt? Was, zum Kuckuck, habe ich eigentlich gemacht, ich meine bestimmt, ich hätte einen Staubwedel geschwungen. An den Lampen und Bildern hier kann man aber nicht sehen, dass hier Staub gewischt worden wäre. Verfluchte Schlamperei.

Wir besuchten ihn und brachten ihm Blumen. Wir gingen zusammen in den Blumenladen, vier niedergeschlagene Lehrerinnen. Wir stritten darüber, was für eine Farbe die Blumen haben sollten. Und dann schrie ich so laut, dass die anderen im Blumenladen verstummten: Die Farben sind blau und gelb!

Ich wollte, dass die Blumen ihn an die Sonne und das Meer erinnerten.

Falls er die Augen öffnen würde.

Er lag auf der Intensivstation, und wir wurden nicht zu ihm hereingelassen.

Die Frauen, mit denen wir sprachen, versprachen, ihm die Blumen aufs Zimmer zu stellen.

Dann zogen wir bedrückt ab. Jede zu sich nach Hause.

Was für ein Glück, dass ich keine Pflanzen hier im Wohnzimmer habe. Es wäre schade gewesen, sie alle eingehen zu lassen, während ich im Ausland bin. Die im Arbeitszimmer werden eingehen, das liegt auf der Hand, denn ich werde sie nicht ins Wohnzimmer tragen und von Stígur gießen lassen, wie ich es voriges und vorvoriges Jahr gemacht habe. Zum einen hatte er sie beinahe ertränkt, und zum anderen hat er mit seiner tollpatschigen Art meine ungarische Vase zerbrochen.

Was soll ich mit den Blumen machen?

Am Dienstag war ich zu betäubt, um logisch denken zu können, und am Mittwoch zu apathisch, um die Sache im richtigen Licht zu sehen. Erst am Donnerstag kam ich wieder zu mir. Ich weiß nicht, wie es dazu kam. Es war, als erwachte ich aus einem langen Schlaf.

Ich trug gerade in das Klassenbuch der H-Klasse ein, als sich der Schleier hob. Viola und Iris hatten sich beide in der ersten Wochenhälfte nicht in der Schule blicken lassen. Ich war an Schwänzen ihrerseits gewöhnt, aber da so etwas die Sache des jeweiligen Klassenleiters ist, hatte ich mich da nicht eingemischt. Ich schaute auf ihre leeren Plätze und auf einmal beschlich mich der Verdacht, dass ihre Abwesenheit etwas mit den Ereignissen am Wochenende zu tun haben könnte.

Sie fehlen, sagten die anderen in der Klasse schnell, als ich sie nach den Mädchen fragte.

Die Klasse war ungewöhnlich unruhig, und das machte mich noch misstrauischer. Ich sah, dass bei zwei Mädchen aus dem Gefolge der Rädelsführerinnen angekreuzt war, obwohl sie nicht da waren. Ich fragte die anderen, wo sie wären.

Die sind beim Rektor, oder so was, war die Antwort.

Weshalb denn?, fragte ich sanft.

Als mir niemand antwortete, trat ich mit den Clogs gegen den Tisch des Klassengroßmauls, der sonst meist kaum die Klappe halten konnte.

Hach, da sind so'n paar Typen von der Polizei, die mit ihnen sprechen, brach es aus ihm hervor, und dann beugte er sich über seine Bücher.

Ich hastete aus der Klasse und schnurstracks ins Büro des Schulleiters. Die Vernehmung war augenscheinlich gerade zu Ende. Die beiden Mädchen saßen da und starrten auf ihre Hände, während sie den Ermahnungen des Rektors zuhörten.

Sie sollten bei mir in der Stunde sein, sagte ich schroff.

Der Rektor sprang auf.

Stimmt es, dass die Polizei etwas mit ihnen zu bereden hatte?, fuhr ich fort.

Er räusperte sich und erklärte, dass dem so sei, die Polizei sei gerade erst gegangen. Sie wären der Meinung gewesen, dass die Mädchen etwas über dieses furchtbare Ereignis wüssten, irgendjemand hatte das angedeutet, aber sie hatten letzten Endes wenig gewusst, ja, natürlich könnten sie jetzt gehen, er würde sie nicht länger vom Unterricht fern halten.

Die Mädchen schauten mich aus großen angemalten Augen an.

Sie gaben also vor, nichts zu wissen. Ich sah die Lüge in ihren Augen.

Gibt es etwas Neues von Atli, ist er wieder bei Bewusstsein?, fragte ich den Rektor, blickte aber unverwandt die Mädchen an.

Nein, er wird noch im Koma gehalten, sagte der Rektor in seiner Hilflosigkeit und rieb sich nervös die Hände.

Glaubst du, dass er das überlebt?, fragte ich abrupt.

Er stand abwechselnd auf und setzte sich wieder hin. Ich weiß nicht, was ich sagen soll, Thórsteina, ich weiß nicht, was ich sagen soll. Sein Zustand ist nach Meinung der Ärzte äußerst kritisch. So viel steht fest. Es ist grauenvoll, einfach grauenvoll.

Ich wandte meine Blicke nicht von den Mädchen ab.

Wenn er das nicht überlebt, dann ist das Totschlag. Und alle, die etwas darüber wissen und schweigen, sind mitschuldig.

Der Rektor blickte zu Boden.

Ich bedeutete den Mädchen, mit mir zu kommen. Zusammen gingen wir schweigend den langen Schulkorridor entlang, jeder mit seinem Klacken, bis ich plötzlich stehen blieb, auf meine Uhr schaute und nachdenklich sagte, es wäre vielleicht ganz gut, wenn wir einen Klassensatz mit einer englischen Kriminalgeschichte holten, und am besten sollten sie mir dabei helfen, die Bücher in die Klasse zu tragen. Sie gehorchten diesen Anweisungen widerspruchslos und folgten mir in den Raum, wo die Bücher aufbewahrt wurden. Als wir drinnen waren, schloss ich die Tür ab, stellte mich davor und fragte sie sanft, ob da nicht etwas sei, worüber sie reden wollten.

Sie starrten einander mit offenem Mund an und schüttelten unsicher den Kopf.

Ach nein?, sagte ich im gleichen Tonfall. Dann werde ich euch sagen, weshalb ihr über etwas sprechen wollt. Ich habe euch nämlich beobachtet. Ich habe gesehen, was ihr getan habt, und ich werde es der Polizei sagen.

Ich ging drohend auf sie zu, und sie drückten sich an die Bücherregale.

Was soll das denn, wir haben gar nichts getan, sagten sie frech, aber die Angst schien ihnen aus den Augen.

Ihr wart es, die ihm an den Kopf getreten habt, und ich werde dafür sorgen, dass ihr den Rest eures Lebens im Knast verbringt.

Ich spielte ein gewagtes Spiel, aber der Erfolg blieb nicht aus.

Nein, wir haben nicht zugetreten, wir waren das nicht, wir haben auch kein Speed genommen, das waren Viola und Iris, die das getan haben, die waren mit den Jungs, und die haben diese schweren Nagelstiefel.

Mir stockte der Atem.

Und wo wart ihr dann?

Wir waren da ganz in der Nähe, da waren auch noch jede Menge andere, wir waren, äh ja, wir haben das nicht so richtig gesehen.

Die haben sich da geprügelt, die Typen da, du weißt, mit denen die Mädchen gehen, und der Lehrer, und dann lag er auf einmal auf der Erde, und dann kamen die anderen Jungs und die Mädchen und haben zugetreten, wir haben das nicht alles gesehen, denn die standen da in einem Haufen zusammen, du weißt, und dann sind wir abgehauen.

Kaum hatten sie das gesagt, als sie plötzlich zu begreifen schienen. In ihren Augen erwachte die Verwunderung des Kindes, wenn es zum ersten Mal den tödlichen Ernst des Lebens entdeckt. Die Stunde der Wahrheit war angebrochen, und es wurde still. Wir hörten nur unsere Atemzüge.

Ich zog die Mädchen zur Tür, öffnete sie und schob die beiden hinaus. Ich selbst blieb zurück. Ich setzte mich auf einen Bücherkarton und starrte auf meine Clogs, bis es zur Pause klingelte.

Der Sofabezug ist weich und glatt, ich habe es immer so gut gefunden, mit der flachen Hand darüber zu streichen. Nirgends eine Falte zu finden.

Wieso wirkt diese Alabasterfarbe bei nächtlicher Beleuchtung bläulich? Es ist eine sonderbare Helligkeit, die da durch die Wohnzimmerfenster hereinströmt. Auf der Gartenseite sind keine Straßenlaternen. Woher kommt das blauweiße Licht?

Der Mond!

Das konnte ja nicht anders sein. Da haben wir die Erklärung für meine Schlaflosigkeit.

Warum, zum Kuckuck, kann man die Leute nicht vorher warnen? Es dürfte doch eigentlich für die Metereologen ein leichtes sein, Informationen über Mondschein in den Wetternachrichten unterzubringen. Für solche Mondtage könnte man dann einschlägige Maßnahmen treffen.

Der Mond war es also. Man sollte sich vor dem Mond hüten.

Als ich noch mit Hallgrímur und seinen Problemen zusammenlebte und der Mief in der Wohnung mich bald umbrachte, bin ich oft vors Haus gegangen, um frische Luft zu schöpfen. Gewöhnlich beobachtete meine Mutter vom Fenster oben, was ich da machte. Ihr war es nicht gleichgültig, was ich da draußen in der Kälte machte.

Liebe Thórsteina, bist du immer noch auf?

Ich habe mir den Mond angeschaut, Mama.

Ist er irgendwie anders als sonst?

Es ist Neumond.

Ach so. Hüte dich vor Mondschein, meine Liebe, der macht einem schlaflose Nächte.

Thórsteina, bist du wieder so spät noch auf?

Ich schau mir den Mond im Fernglas an.

Passiert da oben irgendwas?

Ich glaube, ich seh da etwas herumschweben.

Ach so. Meine Liebe, pass auf, dass du nicht mondsüchtig wirst, dann schnarcht man so viel.

Die blauweiße Nacht am Strand. Die Verandatür stand offen und das Mondlicht flutete herein und versilberte die Laken, unter denen wir nackt und klamm lagen. Die Insekten summten im blauschwarzen Hain, und am Fuß der Felsen wurde Sand unter dumpfen Seufzern von den Wellen angesogen. Wir schauten dem Mond, der die ganze Zeit auf uns geblickt hatte, direkt ins Gesicht und schwiegen eine Weile. Das weiße Zimmer war in kühles blaues Mondlicht getaucht, aber die Hitze drang von draußen hinein, und ich fragte nachdenklich: Wie warm das Meer jetzt wohl sein mag? Vierundzwanzig Grad, murmelte er im Halbschlaf, aber mit der Antwort gab ich mich nicht zufrieden. Als ich hörte, dass er schlief, kroch ich aus dem Bett, wickelte mich in das blauweiße Laken und schlich auf die Veranda hinaus, wo das Thermometer an die Hauswand gelehnt war, hob es auf und ging damit den schmalen Pfad zum Meer hinunter. Meine Füße versanken im Sand, der an meiner Haut haften blieb, und deswegen war es eine Erleichterung, zum Spülsaum zu kommen. Da stand ich still, während die Wellen auf mich zuströmten und meine Füße umrieselten. Ich schaute mich um, blickte auf das Meer hinaus und zum Horizont, auf den Strand, die Felsen, das war meine blauweiße Nacht. Dann ging ich entschlossen ins Meer und tauchte das Thermometer ins Wasser. Zweiundzwanzig Grad, genau wie ich gedacht hatte, und ich lachte dem Mond triumphierend ins Gesicht. Auf dem Weg nach oben kam es mir in den Sinn, dass das vielleicht ein Anflug von Mondsüchtigkeit gewesen war.

Am letzten Donnerstag, dem Tag, als ich die Mädchen ins Verhör nahm, lag ich tatenlos zu Hause herum. Das ist erst knapp drei Tage her. Die Zeit vergeht offensichtlich langsamer, wenn man einen Bademantel anhat. Ich lag hier auf dem Sofa, strich über den Bezug und starrte in die Luft. Bereitete mich nicht vor, korrigierte kein einziges Arbeitsheft, hatte noch nicht einmal die Energie, in einem Wörterbuch zu blättern. Zwei fünfzehnjährige Mädchen hatten mit brutaler Gewalt in mein Leben eingegriffen.

Was für eine Unverfrorenheit, es so weit zu treiben.

Den jungen Mann zu Tode zu trampeln, der mit mir in die Freude hineingetanzt war.

Ich hatte die Vorzeichen gesehen, aber meine Augen davor verschlossen. Der junge Mann hatte mich gewarnt, aber ich hatte es ignoriert.

Ich traf keine Entscheidungen über meine Zukunft, als ich hier auf dem Sofa lag und in die Luft starrte. Dachte flüchtig darüber nach, wie sich die Fortsetzung in groben Zügen gestalten würde. Ich wollte die Angelegenheit dem Schulleiter überlassen und mich nicht mehr damit befassen. In mein Leben war genug Chaos eingedrungen.

Aber in mir kochte der Hass auf diese Mädchen. Ich wachte oft in der Nacht auf, obwohl ich nicht schlaflos gewesen bin wie die beiden letzten Nächte. In mir war irgendeine Unruhe.

Der Mond war ja auch im Kommen, er war unterwegs.

Da wusste ich aber noch nicht, dass der Mond mir die Opfer auf einem silbernen Tablett servieren würde.

Der Schulleiter kam am Freitag nicht zur Arbeit, hatte nach Aussagen seiner Sekretärin eine schlimme Erkältung, und ich überlegte eine Weile, ob ich zu ihm nach Hause fahren und ihn aus dem Bett zerren sollte, unterließ es dann aber, denn ich wusste, dass seine Frau kränklich war. Ich wollte mir aber die Sache vom Hals schaffen und bat deswegen meine Freundinnen, in der großen Pause kurz mit mir zu sprechen.

Ich brachte sie um die Kaffeepause, diese geheiligte Stunde, und deswegen machte sich zunächst etwas Ungeduld bemerkbar. Als ich ihnen aber erzählte, was vorgefallen war, waren sie schockiert. Ich erzählte ihnen von meinem Gespräch mit den beiden Mädchen, ließ aber Atlis Bericht von seinem Zusammentreffen mit Viola und Iris an dem Abend, als er zu mir gekommen war, weg. Das hätte die Sache nur in falsche Bahnen gelenkt. Als sie sich auf diese Mitteilung hin wieder gefasst hatten, wollten sie am liebsten den Aussagen der beiden Mädchen keinen Glauben schenken. Sie redeten auf einmal von Lügen und wollten einander weismachen, dass die Mädchen gelogen hätten. Das wäre natürlich angenehmer für alle Beteiligten gewesen. Aber ich hatte die Wahrheit in den Augen der Zeugen gesehen, und deswegen bat ich sie, mit dem Schwachsinn aufzuhören und stattdessen lieber Stellung zu beziehen, was in dieser Sache am besten zu unternehmen sei. Ich blickte eindringlich auf die Klassenlehrerin.

Nicht mich anschauen, sagte Droplaug und streckte mir abwehrend die Hände entgegen. Ich traue mich nicht, in dieser Sache etwas zu unternehmen. Das ist eine ganz beschissene Angelegenheit. Es gibt einen Riesentrouble.

Steinvör blinzelte heftig und schnell, kniff unter Zucken die Lippen zusammen und sagte dann laut und vernehmlich: Ich will damit nichts zu tun haben, ich habe die Nase langsam voll von diesen Schülerproblemen. Diese Kanaillen ruinieren einem ja bald schon das Privatleben.

Vergiss Atli nicht, sagte Arndís kühl.

Ich habe ihn nicht vergessen, genauso wenig wie du!, zischte Steinvör.

Immer mit der Ruhe, Mädels, sagte Droplaug gereizt.

Ich bat sie, ihre Gefühle im Zaum zu halten. Unsere Aufgabe sei es, logisch zu denken und uns auf Maßnahmen in dieser widerwärtigen Angelegenheit zu einigen.

Herrgott, wie können Kinder bloß so werden, sagte Steinvör.

Einige werden mit kaputten Genen geboren, sagte ich, die Eltern können noch so gut sein, sie haben keinen Einfluss darauf.

Das wird furchtbar für die Angehörigen, stöhnte Droplaug, ich möchte nicht dabei sein, wenn sie davon in Kenntnis gesetzt werden, ich misch mich da nicht ein.

Du bist dazu gezwungen, meine Liebe, du bist als Klassenlehrerin mitverantwortlich, stieß Steinvör hervor.

Und was ist dann mit dir, du hast sie doch auch unterrichtet, trägst du keine Verantwortung?

Ich? Unterrichtet? Nein, ich bin keine Lehrerin mehr, in den Augen der Eltern bin ich nur noch so was wie Hauspersonal, ich dachte, du wüsstest das!

Reißt euch zusammen, sagte Arndís scharf.

Die Klingel schrillte. Wir schauten einander an. Warteten darauf, dass jemand eine Entscheidung traf. Schließlich sagte Arndís, das einzig Richtige, was wir tun könnten, wäre, den Rektor zu Hause anzurufen und ihm zu sagen, dass er einen Psychologen hinzuziehen sollte.

Psychologen? Die Sache ist doch in den Händen der Polizei, soweit ich sehen kann, sagte Steinvör. Muss nicht die Polizei mit dem Schulleiter, den Psychologen, den Eltern sprechen?

Sie sind fünfzehn und damit strafmündig, man kann sie einsperren, sagte Droplaug.

Haben sie das nicht verdient?, sagte Arndís kalt. Nur schlimm, dass es Frauen sind, bislang war es unter ihrer Würde, gewalttätig zu werden.

Ich hatte dasselbe gedacht, sagte aber nichts dergleichen, sondern fragte nur, wer von ihnen Verbindung mit der Polizei aufnehmen würde.

Alle standen auf.

Es hat geklingelt, ich muss in die Klasse, sagte Droplaug.

Ich muss auch los, sagte Arndís, ich fliege heute Nachmittag nach Akureyri.

Ich kündige nach dem Wochenende, sagte Steinvör.

Ich sagte kein Wort. Ich hatte das Gefühl, als sei eine Periode der Dekadenz in der Geschichte der Nation angebrochen.

Was für ein Rumoren in den Gedärmen, haben sie Käse und Rotwein nicht vertragen?

Zu blöd, kein Konfekt zu haben.

Auf dem Flughafen kaufe ich als erstes Pralinen, jede Menge, jede Sorte, und während ich durch die blauen Lüfte düse, stopfe ich mir den Bauch mit Pralinen voll.

Schokolade ersetzt bei amerikanischen Frauen den Sex, habe ich gelesen. Ist ja auch leichter zu handhaben und weniger umständlich.

Mussten sie mir unbedingt sämtliche Pralinen wegfressen?

Muss ich nicht inspizieren, ob in den Küchenschubladen noch irgendwo Kochschokolade ist?

Bei mir zu Hause ist seit Freitag nichts gegessen worden. Wunderbar, derweilen nimmt man nicht zu. Aber das ist nicht auf Mittellosigkeit zurückzuführen, falls jemand das geglaubt hat; und habe ich nicht vor einer Woche gründlich und planvoll eingekauft, als ob nichts geschehen wäre, alle Schränke sind voll von Lebensmitteln, hier diese Schublade, Mehl Zucker Haferflocken Puderzucker Trockenhefe Gelatine, und diese Schublade, Spaghetti Reis Linsen Pasta, und diese Schublade, Kaffee Marmelade Keks Tütensuppen Erbsen Mais, alles gestopft voll voll voll!

Diese verdammten feigen Weibsbilder!

Und das mir, die ich ihnen so oft Gutes aufgetischt habe.

Trauriger Anblick. Als ein Lkw-Fahrer, Mitte dreißig, vorgestern nach mehrtägiger Abwesenheit zurückkam und seine Hausmitbewohnerin auf der oberen Etage begrüßen wollte, erwartete ihn ein trauriger Anblick. Die Frau, eine angesehene Lehrerin, lag tot auf dem Küchenfußboden, ringsherum lagen

Lebensmittel verstreut, und sie war über und über bestäubt mit Mehl und Haferflocken. Man nimmt an, dass sie auf ihrer Suche nach etwas Essbarem einen Tobsuchtsanfall bekommen hat. Bei der polizeilichen Vernehmung behauptete der Lkw-Fahrer, dass die Frau keineswegs zu Anfällen dieser Art tendiert hätte. Es ist nicht bekannt, wer oder was die Lehrerin in Aufruhr versetzt hat. Bei der Obduktion stellte sich heraus, dass sie an Unterernährung gestorben ist.

Ich werde mich jetzt ins Arbeitszimmer zurückziehen und mir einen Zigarillo außerhalb der festgesetzten Rauchzeiten genehmigen.

Verdunkelte Fenster bei der Reiki-Meisterin. Die Meisterin ist auf planetarischem Trip im Rausch der Unendlichkeit. Tauchen diese Weibsen morgen früh wieder auf, oder ist der Workshop zu Ende? Ausgebildet in Auralesen und Kristallheilung?

Niemals habe ich solche interessanten Fächer unterrichten dürfen, das muss ich zugeben, obwohl ich zwanzig Jahre auf der Bühne gestanden habe.

Zwanzig Jahre auf der Bühne. Schon im Kostüm, bevor Vögel erwachen, geschminkt, bevor Katzen herumstreunen, auf der Bühne um acht Uhr, Licht an, Vorhang auf!

Also, meine liebe Reiki-Meisterin, jetzt mache ich Licht und ziehe die Vorhänge auf, damit du diplomierte Aura-Spezialistin den Star Thórsteina Thórsdóttir auf der Bühne sehen kannst.

Die große Lehrerin mit ungekämmtem schwarzem Haar und Ringen unter den Augen, sie steht im schwarzen Bademantel am Fenster und hält ein langes Zigarillo zwischen den Fingern. Hinter ihr sieht man ein düstere Wörterbuchsammlung, die alle

Wände bedeckt. Sie ist ein überaus wichtiger Zeuge und wird regelmäßig verhört.

Würdest du vielleicht damit anfangen, uns vom Freitag zu erzählen?

Von was für einem Freitag? Gibt es nicht zweiundfünfzig Freitage im Jahr?

Wir sprechen über den vergangenen Freitag, nachdem du deine Freundinnen im Lehrerzimmer verlassen hast.

Meine Freundinnen. Das sind vielleicht Transusen. Und der Schulleiter hatte mal wieder eine Erkältung. Ich glaube, der sollte vielleicht mal an gesünderes Essen und Bewegung denken, der Mann. Jedes Mal, wenn irgendein Virus im Anmarsch ist, liegt er auf der Nase.

Lassen wir das labile Befinden des Rektors mal beiseite.

Kommt mir ja nicht so dreist. Unverschämtheiten und Zwischenrufe habe ich noch nie geduldet. Wenn ihr Informationen über die Angelegenheit bekommen wollt, solltet ihr euch gefälligst etwas zurückhalten.

Um es kurz zu machen, ich beschloss, die Polizei von den Sachverhalten in Kenntnis zu setzen, nachdem sich meine Freundinnen nicht dazu in der Lage sahen. Ich meldete mich bei der Sekretärin ab, indem ich erklärte, ich bekäme eine Erkältung wie gewisse andere, und ging nach der vierten Stunde nach Hause. Ich wollte mich umziehen, bevor ich etwas zu Protokoll gab, wollte mein graugetüpfeltes italienisches Kostüm anziehen. Es ist wichtig, bei solchen Anlässen gut aufgemacht zu sein.

Ich fuhr mit dem Jeep nach Hause, aber als ich in die Straße einbog, sah ich vor unserem Haus ein Auto mit laufendem Motor. Stígur und ich sind es nicht gewohnt, freitagsvormittags Besuch zu bekommen, deswegen verlangsamte ich, um festzustellen, wer das war. Man lässt ja schließlich nicht jeden zu sich herein. In dem Augenblick fiel mir sogar ein, dass dort Einbrecher unterwegs sein könnten. Stígur hatte erwähnt, dass sie es sich zur Gewohnheit gemacht hatten, am helllichten Tag einzubrechen, während die Leute bei der Arbeit waren. Dann sah ich, wie die zwei Grazien Viola und Iris aus dem Auto stiegen. Ich war so überrascht, dass ich unwillkürlich auf die Bremse trat. Das Auto fuhr weg, und sie standen auf dem Bürgersteig. Schauten auf das Haus. Ich dachte zuerst, sie hätten etwas mit mir zu besprechen, aber als sie losrannten und ganz schnell hinter dem Haus verschwanden, wo der Kellereingang war, wusste ich, dass dieser Besuch alles andere als ein Anstandsbesuch war.

Ich fuhr zum Haus, stieg aus und schlich hinter ihnen her. Ich sah, wie sie sich an einem Kellerfenster zu schaffen machten. Sie sahen mich nicht. Ich drehte mich um, ging leise zur Haustür herein und beschloss, mich von innen in den Keller zu schleichen. Ihnen im Dunkeln aufzulauern. Ich wartete auf der dunklen Treppe und horchte. Dann hörte ich sie. Sie hatten sich durch das Kellerfenster hineingezwängt. Zu dem Zeitpunkt hatte ich keine Ahnung, was sie wollten, und ging davon aus, dass sie die Kellertreppe heraufkommen würden. Da wollte ich sie mir schnappen. Aber die Damen waren keineswegs auf dem Weg nach oben, sondern stapften auf ihren schweren Nagelstiefeln durch den Keller, rissen die Türen zu den Abstellräumen eine nach der anderen auf und gingen dann in die alte fensterlose Waschküche. Dort blieben sie eine ganze Weile. Mir wurde ob dieser Verzögerung die Zeit lang und ich schlich mich zur Waschküche. Sie hatten Licht gemacht und wühlten in Pappkartons herum. Sie drehten mir den Rücken zu. Ich betrachtete sie einen Augenblick und traf dann die Entscheidung. Wie immer. Entscheidung gefällt. Maßnahmen ergriffen. Keine nachträglichen Bedenken.

Es war mittags. Punkt zwölf fällte ich die Entscheidung. Ich packte den Türgriff und knallte die schwere Tür zu. Schloss sie ein. Ohne auf ihr Kreischen zu achten, ging ich in die Kammer, wo die Wasserhähne waren und drehte das Wasser im Keller ab. Stellte damit sicher, dass sie nicht einen Tropfen aus dem Waschküchenhahn bekommen würden.

Niemand außer dem Wind und mir hörte die Schreie von drinnen, das Kreischen und die schweren Tritte gegen die Tür. Zutreten können sie, die jungen Damen. Das war ihre Spezialität. Ich blieb eine Weile vor der Tür stehen und versuchte mir vorzustellen, wie lange sie das wohl durchhalten würden. An und für sich spielte es keine Rolle, meinethalben könnten sie Tag und Nacht treten. Bis nach oben hört man das nicht. Höchstens nachts, wenn alles still ist.

Dann ging ich die Treppe wieder hoch und zu mir nach oben. Ich zog mich wie geplant um. Obwohl jetzt kein Grund mehr bestand, zur Polizei zu gehen, beabsichtigte ich nicht, von meiner Gewohnheit abzulassen und freitags wie gewöhnlich in die Stadt zu fahren. Mir fehlten Papier und Kugelschreiberminen, außerdem musste ich unbedingt in einem Antiquariat vorbeischauen. Ich wollte mir ein Wörterbuch kaufen.

In welche Richtung weist mein Kopf?

Norden, Süden, schlafe ich immer noch oder bin ich auf dem Weg in unbekannte Gefilde?

Ich mache die Augen erst auf, wenn ich die Orientierung wiederhabe. Irgendwo liege ich, so viel steht fest, der Körper, den ich spüre, ist wie zerschlagen, so kommt es mir jedenfalls vor. Hüften und Rücken schmerzen, die Beine sind taub und der Kopf hängt irgendwie schräg zur Seite. Verdammt nochmal, wo bin ich?

Im Arbeitszimmer!

Kein Wunder, dass ich da Zuflucht gesucht habe. Liege platt wie eine Flunder im alten Lehnstuhl des Goldschmieds. Wann bin ich, mit Verlaub, eingeschlafen, warum in diesem Stuhl, und wie lange habe ich geschlafen? Draußen ist es hell, wie spät ist es? Und mein Arm ist ganz taub, ich glaube, es fließt kein Blut mehr durch die Adern.

Elf? Es ist elf Uhr! Es ist schon elf Uhr, und das Wetter ist noch nicht eingetragen!

Es hat keinen Sinn, die Nerven zu verlieren, wenn so etwas passiert. Jetzt gilt es, jede Minute optimal zu nutzen. Ich hebe den rechten Fuß vorsichtig vom Hocker und dann den linken, ohne heftige Bewegungen, versuche dann, mich aufzurichten und tue, als würde ich den steifen Hals nicht merken. Es ist elf Uhr. Das Wetter ist noch nicht eingetragen.

Ich habe zwei Möglichkeiten. Eine Lücke im Buch zu lassen, was nicht von wissenschaftlicher Sorgfalt zeugt, oder die Temperaturen um elf Uhr zu messen und in Klammern zu erwähnen, dass es sich um eine Abweichung handelt, da die Messung nicht zur festgesetzten Zeit stattgefunden hat.

Das Wochenendseminar geht weiter, sehe ich, die Klapperkisten dieser Weibsen sind vor dem Haus der Reiki-Meisterin geparkt. Ich könnte mir vorstellen, dass sie mit ihrem Hokuspokus um zehn Uhr angefangen haben, dass sie von zu Hause abgeschwirrt sind, ohne ihren Kindern das Frühstück gemacht zu haben. Die Ärmsten bekommen noch nicht einmal sonntagsmorgens ein anständiges Frühstück.

Ich habe überhaupt keinen Appetit, so viel steht fest, aber ich werde mich an meine Planung halten und zunächst einmal die Wetterbeobachtungen eintragen. Anschließend werde ich mich programmgemäß reisefertig machen. Dazu habe ich zwei Stunden und das genügt, wenn sie gut genutzt werden. Es ist überflüssig, sich aufzuregen, selbst wenn man sich verschläft. Der Durst bringt mich noch um, ich muss erst mal in die Küche und Wasser trinken.

Ich darf nicht vergessen, eine Nachricht für Stígur zu hinterlassen. Lieber Stígur, ich musste ganz plötzlich nach Schweden, mein Bruder ist todkrank, weiß nicht, wann ich zurückkomme, würdest du dich bitte in der Zwischenzeit um mein Auto kümmern, du brauchst keine Blumen zu bewässern, die habe ich entsorgt. Gruß, Thórsteina. Ich weiß, er wird völlig verbiestert sein, wenn ich weg bin.

Verdammt nochmal, wer war in meiner Küche?

Du hast in der Nacht zum Sonntag Mehl und Backwaren aus den Schränken gerissen, könntest du uns erklären, wie es dazu gekommen ist?

Ich sehe nicht ein, wen es irgendetwas angeht, was ich in meiner Küche hantiere.

Ist es nicht ungewöhnlich, wenn eine respektable Lehrerin all diese Dinge wie beispielsweise Haferflocken, Reis, Mehl, Kakao und Rosinen mitten in der Nacht auf dem Küchenfußboden herumstreut?

Das ist zum Kuckuck nochmal überhaupt nicht ungewöhnlich, ich habe die Zutaten zu einem bestimmten Rezept zusammengesucht, aber wegen permanenter Übermüdung und Arbeitsbelastung, die mir die Gesellschaft auferlegt, ist mir das Zeug aus der Hand gefallen. Ich bin, wie man sehen kann, voll damit beschäftigt, hier sauber zu machen, und betrachte die Sache hiermit als abgeschlossen.

Könnte man nicht sagen, dass ein solches Verhaltensmuster auf einen gravierenden Persönlichkeitsabbau hinweist, der vor allem durch psychische Fehlleistungen und unakzeptable Bewältigung alltäglicher Probleme hervorgerufen wird und somit die unmittelbare Umgebung negativ beeinflusst?

Was sind das eigentlich für Unterstellungen? Soweit ich weiß, stehe ich hier mit krummem Rücken und mache sauber, und insofern habe ich die täglichen Probleme völlig im Griff.

Habe ich eine Autotür schlagen hören? Ist der Workshop zu Ende? So ein Mist, ich wollte mir diese Schrullen doch ansehen. Wo ist das Fernglas, wo habe ich das verdammte Fernglas hingetan?

Stígur?

Stígur ist wieder da? Sollte er nicht erst am Ende der Woche zurückkommen!?

Wieso denn das?

*

Das ist der letzte Zigarillo aus der Packung. Ich habe an diesem Wochenende ziemlich viel geraucht. Zu blöd, dass man nicht mehr die erleuchteten Fenster hat, um darauf zu starren. Wochenendworkshop beendet. Vorhänge zu. Die Reiki-Meisterin nimmt ein Bad. Und jetzt geht Thórsteina ins Badezimmer und lässt sich ihr abendliches Bad einlaufen.

Das Wörterbuch, das ich am Freitag mit nach Hause brachte, wog nicht achthundert Gramm, sondern achthundertsiebzig. Das macht schon etwas aus in Bezug auf die Registrierung. Entweder habe ich die Zahlen falsch abgelesen, was die wahrscheinlichste Erklärung ist, oder die Waage war nicht richtig eingestellt, was äußerst unwahrscheinlich ist, denn im Allgemeinen bin ich sehr penibel, was die präzise Einstellung von Geräten betrifft. Außerdem gehe ich sehr gut mit ihnen um, großen oder kleinen, denn ich möchte ungern, dass mir wegen der Reparaturen irgendwelche Männer auf die Bude rücken. Deswegen neige ich zu der ersteren Erklärung, zumal ich verständlicherweise erregt war, als ich aus der Stadt kam, obwohl mir nichts anzumerken war. Vielleicht war es falsch gewesen, am Freitag in die Stadt zu fahren, nach allem was vorgefallen war, aber man muss sich an seine Routine halten, wenn man einen festen Standpunkt im Leben behalten will. Ich bin es gewöhnt, freitags Buchhandlungen und Antiquariate aufzusuchen, und ich habe etwas dagegen, diese Gewohnheit zu unterbrechen, selbst wenn etwas Unvorhergesehenes passiert. Manchmal, wenn viele in der Innenstadt unterwegs sind und Kaffeeduft auf die Straßen dringt, kann ich mich täuschen lassen und mir für einen Augenblick einbilden, ich befände mich in einer Weltstadt auf dem Kontinent.

Ich bin heute nicht auf den Kontinent geflogen. Ich hätte es wohl auch kaum verkraftet, nach diesen unglaublichen schlaflosen Nächten in einem unbekannten Bett zu schlafen. Schon gar nicht in diesem Lakenwirrwarr, den französische Hotels anbieten. Man braucht ein erstklassiges Ambiente, wenn man in schlechter Verfassung ist.

Ich habe mich ganz schön amüsiert, als Steinvör mich heute anrief, als alles vorüber war, um mir zu sagen, wie sehr sie ihr Benehmen am Freitag bedauerte. Was meinst du denn eigentlich, sagte ich so seelenruhig, als hätte ich ihre Reaktion bereits vergessen. Dann fing sie an, sich zu entschuldigen, und erklärte, sie sei schlecht drauf gewesen, und auf jeden Fall würde sie gleich nach dem Wochenende gemeinsam mit mir die Sache anpacken. Ja, meine Liebe, mach dir keine Sorgen, sagte ich und gähnte faul in den Hörer, und dann wechselte sie das Thema und fragte mich, ob ich ein angenehmes Wochenende verbracht hätte, was ihr ähnlich sieht, denn Wochenenden spielen eine wichtige Rolle für Steinvör, und ich sagte, mein Wochenende sei ziemlich ruhig verlaufen, ich hätte viel geschlafen und mich ausgeruht, weil ich mich etwas schlapp gefühlt hätte, aber jetzt ginge es mir besser, und sie sagte, sie sei froh, das zu hören, und beendete dann das Gespräch, indem sie sagte, bis morgen früh.

Die wird staunen, wenn sie morgen früh die Zeitungen sieht. Vielleicht mit einem Bild von Stígur. Die haben da herumgeknipst, die Fotografen, hatte ich den Eindruck. Stígur strahlte wie ein Honigkuchenpferd.

Er wollte unbedingt mit mir über den Vorfall sprechen, als alles vorüber war und wir draußen vor dem Haus standen. Aber ich sagte, weißt du was, mein Lieber, ich kann jetzt nicht mehr darüber reden, ich bin am Boden zerstört und muss mich erholen. Selbstverständlich war ich nur wegen der durchwachten

Nächte und seines plötzlichen Auftauchens am Boden zerstört, aber das behielt ich für mich.

Das ist mehr als verständlich, sagte er männlich, es waren ja schließlich deine Schülerinnen.

Das waren meine Schülerinnen.

Zwei kleine Mädchen, die mit runden Augen und Pausbacken in die achte Klasse kamen, aber zwei Jahre später schwarz angemalt, bösartig und erbarmungslos nach den Sommerferien in der Schule erschienen.

Der junge Mann war auch mein Schüler gewesen.

Heute Morgen ging mir alles noch schneller von der Hand als geplant. Es ist immer dieselbe Geschichte bei mir, wenn die Zeit knapp ist, werden die Minuten perfekt genutzt. Genau wie damals, als ich mich verschlief, erst um acht Uhr aufwachte, aber zehn Minuten später schon zum Unterricht erschien. Sogar geschminkt.

Mittags war ich reisefertig. Da ich noch knapp dreißig Minuten warten musste, bevor es angesagt war, ein Taxi zu bestellen, fiel mir ein, dass ich mir die Mittagsnachrichten anhören könnte.

Ich machte das Radio an.

Kein Wort, kein einziges Wort.

Niemand hatte eine Suchmeldung nach ihnen aufgegeben.

Zwei fünfzehnjährige Mädchen waren zwei Tage lang verschwunden, und allen ist es egal.

Niemand hatte sie vermisst.

Ich kochte Kaffee und trank im Stehen eine Tasse am Küchenfenster, während ich auf die Zeit achtete.

Da sah ich, wie Stígur mit seinem Gorillagang aus unserem Haus gelatscht kam, Schultern am Hals, die Handrücken nach vorn. Ich wollte ihm nicht nachrufen und fragen, warum in aller Welt er so früh wieder in die Stadt gekommen war. Ich hoffte sehr, er würde sofort wieder losfahren, denn es war angesichts der Lage wichtig für mich, keinen Kontrolleur im Haus zu haben. Er ging zu seinem Auto, das er nur ausnahmsweise benutzt, und ich wartete gespannt. Hoffte, dass er sich ins Auto setzen und verschwinden würde, mindestens solange, bis ich das Taxi bestellte, damit ich nicht mündlich meine Reise erklären müsste. Der Zettel mit den Instruktionen für den Jeep steckte in meiner Tasche.

Stígur ging einmal um sein Auto herum, wahrscheinlich um festzustellen, ob sich jemand daran vergriffen hatte, rieb sich nachdenklich die Nase, öffnete eine Tür, steckte den Kopf hinein, schnupperte mit vorgestrecktem Kinn hinein und schlug dann die Tür wieder zu. Stapfte zu meinem Jeep, warf einen Blick unter das Auto, strich mit der flachen Hand über die Motorhaube und trat leicht gegen die Reifen. Dann bezog er auf dem Bürgersteig Position und blickte mit tadelnder Miene von einem Fahrzeug zum anderen. Ich kannte Stígur lange genug, um zu wissen, was jetzt bevorstand. Das war die Vorbereitung für fachmännische Mängelbeseitigung.

Ich blickte abwechselnd auf die Uhr und das Telefon. Normalerweise brauchte Stígur zehn Minuten, um den Overall anzuziehen, sich die notwendigen Werkzeuge zu holen, und meinen Berechnungen zufolge müsste mir das reichen, um zu verschwinden, allerdings nur, wenn das Taxi sofort käme. Ich hatte schon fast den Telefonhörer in der Hand, als ich mich besann. Stígur hatte nämlich die Angewohnheit, nachzuschauen, wenn er draußen ein Auto hörte, und das würde er ohne Zweifel auch jetzt tun. Mündliche Erklärungen würden alles in die Länge ziehen. Blitzartig entwarf ich einen anderen Plan. Natürlich wäre es das Beste, wenn Stígur mich im Jeep zum Flugplatz bringen würde. Stígur will überall dabei sein. Er würde vor Freude an die Decke springen, wenn er den Jeep fahren dürfte, und unterwegs könnte ich ihm genaue Verhaltensmaßregeln geben. Gleichzeitig beschloss ich, das Blumenproblem damit zu lösen, dass ich ihm die beiden Töpfe aus dem Arbeitszimmer schenkte. Selbstverständlich würde er sie vor dem Frühling ertränkt haben, aber das war besser, als sie auf der Fensterbank vertrocknen zu lassen.

Nach dieser Entscheidung ging ich ganz gelassen vor, trank meinen Kaffee aus, legte Lippenstift auf, machte eine Runde durch die Wohnung und holte dann die Blumen. Ich stand mit ihnen auf dem obersten Treppenabsatz, als ich Stígur polternd aus dem Keller hochkommen hörte. Er war auf dem Weg zu mir nach oben, als er mich erblickte. Seine Augen waren vor Entsetzen weit aufgerissen. Da begriff ich, was die Stunde geschlagen hatte.

Kontrolleur Stígur. Ich hätte mir sagen können, dass er zu aufdringlich werden würde. Man hätte ihn besser rechtzeitig vergiften sollen.

Ich lächelte: Was denn, Stígur, bist du schon wieder zurück? So schnell? Wie gut, dass du wieder da bist. Du glaubst es nicht, ich habe das ganze Wochenende mit Grippe herumgelegen, bin überhaupt nicht aus der Stadt gekommen – war nicht alles in Ordnung mit dem Jeep, du hast ihn dir doch gerade angeschaut?

Das Wasser war abgedreht, flüsterte er, als hätte sein letztes Stündlein geschlagen. Und dann habe ich da was in der Waschküche gehört, du musst mit runterkommen, runterkommen.

Ich sah seine Fußsohlen, als er im Keller verschwand.

Ich trug die Blumen wieder hinein und stellte sie aufs Fensterbrett, wo sie hervorragend gediehen waren und jahrelang treu den Kopf der Lehrerin versteckt hatten. Dann trug ich meine Koffer ins Schlafzimmer und machte die Tür zu.

Ich hatte keine Eile. Ging gemessenen Schritts hinunter in den Keller und schimpfte auf der dunklen Treppe: Was ist denn eigentlich los, mein Lieber, es ist doch Sonntag und völlig überflüssig, jetzt irgendwelche Aufräumaktionen zu starten.

Er konnte kein Wort hervorbringen und stand wie vom Donner gerührt vor der alten Waschküche. Mit Gesten und Bewegungen, die an einen Verkehrspolizisten erinnerten, zeigte er in den Raum hinein. Der war erleuchtet und das Licht flutete auf den Gang hinaus.

Hast du Ratten gesehen?, fragte ich argwöhnisch und blieb stehen. Diese Biester fand ich schon immer widerlich. Dann trat ich näher, schaute zuerst forschenden Blicks auf Stígur und dann in die Helligkeit hinein.

Es verging eine ganze Weile, während ich die Situation in Augenschein nahm.

Zwei junge Mädchen saßen in einer Ecke neben einem unförmigen Pappkartonstapel. Sie hatten alte Klamotten um sich gewickelt und zum Schutz gegen die Fußbodenkälte unter sich gelegt. Ihre Füße in den schweren Nagelstiefeln waren so kraftlos, dass sie nicht mehr dem Körper anzugehören schienen. Das kalte nackte Deckenlicht fiel auf verzerrte Gesichter und blutleere trockene Lippen. Etwas Frostiges zuckte in ihren Blicken auf.

Sie bewegten sich nicht, und gaben keinen Laut von sich, weder Stöhnen noch Husten. Sie starrten nur Stígur und mich an.

Was machst du mit diesen Mädchen hier, Stígur?, fragte ich ein wenig scharf.

Er japste, röchelte und stieß dann hervor: Ich kenne sie gar nicht, sie waren nicht hier, als ich die Birnen ausgewechselt habe.

Du kennst sie nicht, sagte ich resolut, denn es war klar, dass ich jetzt die Führungsrolle übernehmen musste, da andere nicht dazu in der Lage zu sein schienen. Dann ging ich in die Waschküche, kniff die Augen zusammen, während ich den Haufen betrachtete und dachte einen Augenblick nach.

Nicht zu fassen, sagte ich dann völlig perplex, sehe ich richtig, sind das nicht Viola und Iris?

Als ich keine Antwort bekam, stemmte ich die Hände in die Hüften und sagte streng: Wollt ihr mir gefälligst sagen, was ihr hier in unserem Keller zu suchen habt?

Ja, was habt ihr hier gefälligst zu suchen?, wiederholte Stígur, etwas mutiger geworden. Er stapfte gebieterisch in die Waschküche, stellte sich neben mich und stemmte die Hände in die Hüften. Fragte dann scharf: Habt ihr das Wasser abgedreht?

Unser Verhör zeitigte nicht den gewünschten Erfolg, was nicht verwunderlich war, da wir ja über keinerlei Erfahrung in diesem Bereich verfügten. Wir fassten uns aber in Geduld, schwiegen und warteten auf irgendwelche Laute aus diesen wunden Körpern. Aber es gab keinerlei Reaktionen. Meine schlaflosen Nerven waren angespannt, ich konnte nicht mehr abwarten, tippte Stígur an, zog ihn mit mir auf den Flur und teilte ihm mit, dass ich vorhätte, die Polizei anzurufen. Er strahlte auf, als er hörte, was bevorstand. Neben Feuerwehrleuten und Busfahrern hat er vor allem ein Faible für Polizisten. Während ich der Obrigkeit unseren überraschenden Fund im Keller meldete und gleichzeitig einen Krankenwagen bestellte, wachte Stígur wie ein alter Nazigeneral über den Mädchen, breitbeinig und grimmig, die Hände über der geschwellten Brust gekreuzt.

Ich hielt mich im weiteren Verlauf der Dinge im Hintergrund, was meiner Meinung nach im Nachhinein die richtige Entscheidung war und einer respektablen Lehrerin wohl anstand. Ich war nicht imstande, den Sachverhalt genau zu beschreiben, so entsetzt war ich wegen des Verhaltens meiner Schülerinnen, und dafür hatten die Polizisten vollstes Verständnis. Sie hielten sich vor allem an den Mann im Haus, und dabei ließ ich es bewenden, denn es kommt nicht oft vor, dass unmaßgebliche Menschen wie Stígur zur Geltung kommen. Er war so aufgedreht, dass man hätte meinen können, die englische Fußballnationalmannschaft sei zu Besuch, und er beschrieb weitschweifig und gestikulierend, wie es zu der Entdeckung gekommen war. Er ließ nichts aus, weder das Auswechseln der Birnen in der Woche davor, das abgedrehte Wasser, als er den Schlauch anstellen wollte, um die Radkappen abzuspritzen, noch das Stöhnen, das er aus der Waschküche hörte, als er sich mit dem Wasser befasste.

Das Schloss an der Tür zur alten Waschküche ist nämlich kaputt, klärte er lautstark die versammelte Mannschaft auf, man kann die Tür nur von außen aufmachen, und die ist wirklich bleischwer, die Tür da, das kann ich euch sagen. Da war bestimmt Durchzug und deswegen ist sie zugeschlagen. Stellt euch mal vor, wenn ich nicht früher von der Dienstreise zurückgekehrt wäre und wenn ich nicht in den Keller gegangen wäre, um den Gartenschlauch anzuschließen, dann hätten die Mädchen ohne Wasser hier monatelang liegen und zum Schluss verdursten müssen.

Während die lauten Erklärungen von Stígur durch den Keller hallten, gaben die Polizisten den entkräfteten Jammergestalten Wasser aus dem Waschküchenhahn zu trinken, der wieder aufgedreht war.

Ich glaube, die stehen unter Stoff, brummte einer der Polizisten.

Die Grazien wurden auf Krankenbahren gelegt, und wahrscheinlich hatte das verseuchte Blut in Anwesenheit von männlichen Wesen wieder angefangen zu pulsieren, denn es hörte sich so an, als funktionierten die Sprechorgane wieder.

Ich hielt mich zurück, aber eine Frage brannte auf meinen Lippen, auf die ich eine Antwort bekommen musste. Draußen auf unserem Bürgersteig wandte ich mich an einen der Polizisten.

Hattet ihr denn auf der Wache keine Vermisstenmeldung wegen der Mädchen bekommen?

Nein, wir haben keine Mitteilung über ihr Verschwinden bekommen.

Die Eltern haben sich nicht bei der Polizei gemeldet?

Nein, niemand hat mit uns wegen ihnen Verbindung aufgenommen.

Seid ihr da ganz sicher?

Wenn eine Vermisstenmeldung eingeht, erfährt selbstverständlich die gesamte Polizei davon.

Aber das sind doch Jugendliche. Irgendjemand muss sie doch vermisst haben, irgendjemand muss doch bei euch angerufen haben?

Der Mann schaute mich nur an. Ich begriff, dass ihm schon so einiges untergekommen war.

Das überraschende Auftauchen der Presse erstaunte mich. Die Mädchen waren kaum in den Krankenwagen befördert worden, als ein roter Sportwagen mit quietschenden Bremsen vor dem Haus hielt, dem ein Fotograf und ein Reporter entsprangen, die sich unverzüglich und professionell an die Arbeit machten, Kamera und Aufnahmegerät gezückt. Zum Lob der

Presse muss gesagt werden, dass Stígur und ich dank ihrer Vorgehensweise endlich stichhaltige Informationen über die Sache bekamen. Der Reporter setzte den Polizisten zu, fragte alle die Fragen, die Stígur und ich in der Aufregung vergessen hatten, und gab diese Informationen an uns weiter, wobei er uns zu löchern versuchte. Wir standen zu dem Zeitpunkt draußen auf dem Bürgersteig und hatten beide keinen Mantel an.

Der Reporter sprach in ein kleines Aufnahmegerät hinein und hielt uns dann das Mikrofon unter die Nase: Den Informationen der Polizei zufolge waren die Mädchen über zwei Tage in eurem dunklen Keller eingesperrt, habt ihr davon nichts mitbekommen?

Stígur schmäckelte: Nein, das stimmt nicht, der Keller war nicht dunkel, denn ich habe vor einer Woche die Birnen im ganzen Keller ausgewechselt, auch in der Waschküche, bevor ich auf Dienstreise ging.

Der Reporter, der keine erschöpfende Antwort auf seine Frage bekommen hatte, blickte Stígur so gequält an, dass ich schnell hinzufügte: Er war nicht zu Hause, wie bereits gesagt worden ist, und ich habe überhaupt nichts davon mitbekommen, dass jemand im Haus war.

Sie hatte die Grippe, rief Stígur in das Mikrofon.

Es hat sich herausgestellt, fuhr der Reporter fort, dass die Mädchen nach einem Geldschrank gesucht haben, der angeblich in eurem Keller gewesen sein soll.

Stígur trat aufgeregt von einem Bein aufs andere, und seine Antwort ließ nicht auf sich warten: Nein, nein, einen Geldschrank haben wir noch nie im Keller gehabt, aber ich bewahre da die Gartengeräte und ein paar Werkzeuge auf, die ich mir angeschafft habe, ja, und Thórsteina hat dort alte Klamotten aufbewahrt, das weiß ich, die sie dem Roten Kreuz geben wollte und … Dann verstummte er plötzlich, als würde ihm jetzt erst der Sinn der Frage bewusst, blickte mich argwöhnisch an und fragte in gebieterischem Ton, als sei er der Herr im Haus: Thórsteina, hast du da unten einen Geldschrank gehabt?

Natürlich nicht, sagte ich abwesend.

Meine Aufmerksamkeit hatte sich zu diesem Zeitpunkt auf die Frauen gerichtet, die aus dem Haus der Reiki-Meisterin herauskamen und in den Strudel der Ereignisse hineingezogen wurden. Sie näherten sich uns zögernd, und endlich konnte ich ihre Gesichter betrachten. Darauf hatte ich das ganze Wochenende gewartet. Außer der Reiki-Meisterin kamen mir noch zwei von ihnen bekannt vor, ich konnte mich aber nicht auf sie besinnen und war eben deswegen etwas geistesabwesend.

Dann richtete der Reporter seine Frage an mich, blickte mir tief in die Augen und sprach klar und deutlich ins Mikrofon: Die Polizei nimmt an, dass die Mädchen Drogen genommen hatten, bevor sie in dem wasserlosen Keller eingesperrt waren. Angesichts der Tatsache, dass es Schülerinnen von dir waren, würde ich gern wissen, was du als ihre Lehrerin dazu zu sagen hast?

Er hielt mir das Ding vor den Mund und erwartete eine Antwort.

Ich habe ihnen nicht beigebracht, sich mit Drogen zu schaffen zu machen, sagte ich kurz angebunden.

Das war meine erste Reaktion. Ich hatte nicht vor, mich weiter zu dieser Angelegenheit zu äußern. Ich fand, ich hätte nichts dazu zu sagen, und außerdem fällt es mir schwer, mich mündlich zu äußern, wenn kein Unterrichtsmaterial vorhanden ist. Aber blitzartig wurde mir die Situation klar. Um mich herum hatten sich Leute versammelt, die auf eine Antwort warteten; ein Reporter, ein Fotograf, ein Polizist, die Reiki-Meisterin mit ihren Jüngerinnen und einige neugierige Nachbarn.

Und die respektable Lehrerin auf der oberen Etage ließ kalte Blicke über die Gruppe schweifen und gab dann folgende Erklärung ab:

In dieser Stadt sind alle Keller voll von jungen Leuten. Da können sie herumliegen, ohne dass sich jemand einmischt, während wir, die Erwachsenen und Verantwortlichen, in den oberen Wohnungen um das Goldene Kalb tanzen. Im Keller dagegen gedeihen ebenfalls Ratten, die beißen und nagen, von Verdorbenem leben und Viren und Krankheitserreger in die oberen Wohnungen tragen. Deswegen sage ich, bevor der Verwesungsgestank das ganze Haus durchdringt, schaut mal in euren Kellern nach, da muss bestimmt desinfiziert und gründlich sauber gemacht werden.

Nach diesen Worten auf dem Bürgersteig drehte ich den Leuten den Rücken zu und ging die Treppe hinauf. Als ich die oberste Stufe erreicht hatte, packte mich jemand an der Schulter.

Es war die Reiki-Meisterin. Im geblümten Kleid. Umhüllt von Räucherstäbchenduft.

Sie hielt mich am Arm fest, während sie sprach und mir ungeniert einen Flusen von der Bluse zupfte, so als seien wir dick befreundet. Ich stand unbeweglich da.

Auf meinem Wochenendseminar waren unter anderem Mütter von früheren Schülern von dir, und sie haben über dich gesprochen, sagte sie und blickte mich mit heißen Augen an. Ich habe dich nämlich am Freitagabend am Fenster gesehen und sagte zu den Frauen, dass da drüben die fantastische Lehrerin wohnt, die einen so unglaublich guten Einfluss auf meinen Sohn hatte. Dann stellte sich heraus, dass du auch die Kinder von zwei anderen Teilnehmerinnen unterrichtet hast, und sie sagten genau das Gleiche. Du hast so einen positiven und motivierenden Einfluss auf unsere Kinder gehabt. Wir hätten dir so gerne sagen wollen, wie dankbar wir sind, aber wir haben uns nicht getraut, dich zu stören. Stattdessen haben wir dir das ganze Wochenende Licht übersandt.

Mir Licht übersandt.

Kein Wunder, dass ich diese Kopfschmerzen bekommen habe. Von all der Helligkeit.

Ich nickte nur mit dem Kopf, und als sie endlich aufhörte, an mir herumzufummeln, nickte ich noch einmal und ging dann ins Haus, ohne die Versammlung noch eines Blickes zu würdigen. Ich ging direkt zum Telefon und buchte um.

Merkwürdig, wie schnell Reporter auf den Plan treten. Hören sie den Polizeifunk ab? Man weiß viel zu wenig über ihre Arbeitsweisen, um so etwas behaupten zu können. Aber schnell waren sie, das muss man sagen. Und dann haben sie ein Foto von Stígur gemacht. Da bin ich mir ziemlich sicher, denn ich habe das Klicken gehört, als ich die Treppen hochstieg. Ich hastete davon, als der Fotograf die Kamera auf uns richtete. Ich wollte nicht mit auf dem Bild sein. Klarer Fall.

Die fantastische Lehrerin, sagte sie. Was ich natürlich schon immer gewusst habe. Thórsteina Thórsdóttir, Lehrerin von Gottes Gnaden.

Aber das Klacken von Clogs wird nie wieder an ihre Ohren dringen. Klacken von Clogs? Merkwürdiger Ausdruck. Klotzig, abstoßend, erinnert an die Schritte von Verstorbenen.

Wie sagt man das in anderen Sprachen?

Das muss ich nachschlagen, wenn ich aus dem Bad gekommen bin.

Die Wörterbücher warten auf mich.